Elena Bulfon Bernetič

TUTTO AL FEMMINILE

Youcanprint

Testo: Elena Bulfon Bernetič
Copertina: Fulvia Zudič
Fronte: Veneziana, 2014, acrilico tecnica mista su tela 50 x 100 cm;
Retro: Rossa, 2014, acrilico tecnica mista su tela 50 x 100 cm
Prefazione: Prof. Nives Zudič Antonič
Editing: Massimo Medeot
Progettazione grafica: Studiomatris d.o.o.

ISBN | 978-88-31607-186

Youcanprint
Via Marco Biagi 6 - 73100 Lecce
www.youcanprint.it
info@youcanprint.it

INDICE

Prefazione

La scrittura di Elena Bulfon Bernetič può essere annoverata tra le produzioni degli scrittori istriani più giovani fautori di una letteratura istriana nuova. L'autrice ha saputo mantenere i suoi rapporti con una cultura tradizionale, a volte contadina e a volte cittadina, ma in larga misura si è rivolta ai temi di una letteratura che potremmo definire d'avanguardia, che al lettore può risultare più vicina alla letteratura italiana o europea contemporanea.

Elena Bulfon Bernetič, seguendo in parte le orme degli scrittori italiani contemporanei, per la sua scrittura preferisce la forma del racconto. I suoi racconti potrebbero essere definiti racconto-diario: sono, infatti, contraddistinti da una scrittura immediata e autobiografica, che riproduce la condizione e il linguaggio delle generazioni cresciute fra il periodo dello sfacelo dell'ex Jugoslavia e i giorni nostri.

Nei suoi racconti la scrittrice mette al centro della narrazione la condizione delle giovani donne, insistendo sulla trascrizione diaristica della vita quotidiana nella terra in cui vive, l'Istria. Tuttavia la sua immagine dell'Istria non è più idilliaca, ma rappresenta il volto di un paese che impone, come altri, di vivere la vita frenetica del mondo moderno. La realtà è colta in presa diretta con il linguaggio del presente, dato non solo dal gergo giovanile, ma anche da quello degli spot pubblicitari, della televisione, degli audiovisivi, del cinema, dove possiamo cogliere anche parole o frasi in dialetto, o in lingua slovena.

Con questo lavoro, l'autrice presenta una raccolta di undici storie brevi ambientate nell'epoca moderna. Si tratta di storie scritte tra il 2012 e il 2014, di cui nove premiate a vari concorsi letterari, mentre le ultime due sono inedite.

I suoi racconti, inseriti in questa raccolta dal titolo *Tutto al femminile*, hanno per protagoniste giovani donne alle prese con la vita di tutti i giorni, storie legate alla vita familiare o lavorativa, di donne che vogliono mettersi alla prova per capire chi sono realmente, e costruire così la propria identità.

Attraverso queste storie la scrittrice racconta delle preoccupazioni da sempre appartenenti alla sensibilità femminile: la relazione tra vita pubblica e vita privata, il rapporto tra i due sessi, la solitudine, l'amore, l'alienazione, la vecchiaia.

I racconti di Elena Bulfon si presentano come scenari, spazi e tempi immaginari in cui il lettore può sperimentare e riflettere su se stesso. Il tono autobiografico fa sentire al lettore le storie ancora più vicine, vissute; si tratta di vicende che in qualche modo tutti noi potremmo vivere perché fanno parte dell'esistenza quotidiana. In questi racconti si riconoscono alcune delle tematiche care all'autrice, e ricorrenti nei suoi racconti, come quelle del rapporto uomodonna o adulto-bambino: si tratta di storie coinvolgenti, che narrano dell'amore e della sofferenza con ironia e leggerezza; storie al cui centro sono le cittadine istriane, ben note all'autrice. In queste narrazioni ci vengono presentati mondi paralleli e spesso in opposizione, come quello della città e della provincia istriana, ancora immutata nella sua mentalità retrograda. Ma ci sono anche racconti che portano a storie del passato, come *L'albero di Natale di Anna*, in cui l'autrice presenta storie di povertà del mondo rurale istriano.

La raccolta di racconti *Tutto al femminile* di Elena Bulfon Bernetič presenta emblemi di comportamenti, disposizioni morali, intrecci interpersonali nella cornice di un mondo cittadino e rurale. Talvolta questi racconti esprimono un approccio cinico e aggressivo nei confronti della vita, altre volte, invece, le posizioni si diversificano e in qualche modo si attenuano, sfumando in una scrittura meno violenta, che a tratti sa essere tenera, o ironica.

Prof. Nives Zudič Antonič

Segreti nel baule

Un rumore violento alla finestra la destò dal sonno profondo.
"Un incubo" pensò sprofondando la testa nel cuscino. Non voleva aprire gli occhi: doveva dormire, voleva riposare, aveva bisogno di sonno, tanto sonno. Si girò sul fianco destro, dando la schiena alla finestra, tirò le ginocchia a sé e le abbracciò. Dormire in questa posizione la tranquillizzava e rassicurava. Era un rito che faceva anche da piccola, quando i brutti sogni la svegliavano e lei non voleva andare a piangere dalla mamma. Non era mica una debole! Poteva combattere con i suoi mostri anche da sola. E se ci riusciva a cinque anni, lo poteva fare anche adesso a diciotto. Silenzio. Nessun rumore. Nulla. Non voleva pensare. Desiderava avere la mente vuota, l'abisso del nulla.
Toc-toc. Toc-toc. Toc-toc.
Continuava a non darle pace. Non voleva smettere, non voleva andarsene.
"Crepa!" disse convinta. "Vattene!" *"Dormire, solo dormire, riposare, domani ho un'interrogazione di storia. Devo dormire..."* ripeteva mentalmente.
Toc-toc. Toc-toc. Toc-toc.
Si alzò di scatto, diretta alla finestra. "Non ho paura. Non mi spaventi." sussurrò inspirò l'aria che da tiepida scendeva gelida lungo la laringe. Spostò la tenda di scatto e lo trovò davanti a sé, sul davanzale in marmo che le arrivava al seno, con il becco grigio rivolto verso l'alto e i suoi occhi bianco-argento fissi sui suoi. Era la terza notte che si presentava alla sua finestra e Alice non capiva cosa volesse quell'uccello nero. La prima notte aveva pensato ad una stupida cornacchia o forse ad un corvo che aveva scambiato la sua finestra per un pezzo di cielo. "Forse le stelle si riflettono nel vetro" si disse. Notò che aveva i lati del capo, la nuca e il collo

grigio argento. Strano. Fece una breve ricerca in rete e scoprì che si trattava di una taccola. Non ne aveva viste prima dalle sue parti. *"Si sarà persa."* concluse tornando a letto, ma l'uccello continuò a beccare, far rumore, gracidare per tutta la notte.

La seconda notte fu più insistente e testardo. Alice provò a mandarlo via: gli urlò contro, picchiettò sul vetro e poi picchiò forte. L'uccellaccio si allontanava per un po' per ritornare feroce a infastidirla. Aveva pensato di aprirgli la finestra, ma qualcosa la bloccava. La paura. Si tappò le orecchie con le mani nascondendosi sotto il piumone. Rimembrò il film Gli uccelli di Hitchcock e la scena dei bambini attaccati dai corvi. "Forse attendono fuori. Uno stormo intero" pensava. Non aveva il coraggio di aprire la finestra.

La ragazza viveva con i suoi due fratelli maggiori e la madre nella vecchia casa della nonna materna, a Castelvenere, ai bordi della folta pineta. Il padre li aveva abbandonati da qualche anno preferendo la giovane collega d'ufficio alla moglie. "Crisi di mezza età" diceva la mamma giustificandolo e sperando nel suo ritorno. La nonna Renata era l'unica figlia femmina e l'ultima dei quattro figli della bisnonna Margherita. Era anche l'unica sopravvissuta. Si era trasferita a Lucia in un piccolo monolocale, perfetto per un'arzilla vedova non ancora settantenne che di uomini non ne voleva più sapere, lasciando alla figlia la casa dove era nata e vissuta da sempre, costruita da suo nonno Giuseppe quasi cento anni fa. A lei bastavano i libri, il suo corso di taglio e cucito e la ginnastica mattutina in palestra con le amiche pensionate.

Alice avrebbe preferito vivere in città e non in periferia di un paese dimenticato dalla civiltà, circondato da boschi, prati e campi ormai incolti. Non vedeva l'ora di essere indipendente e non dover elemosinare qualche passaggio dai fratelli o dalla madre.

Toc-toc. Toc-toc. Toc-toc.

"Smettila, bastardo! Vattene o ti uccido!" Ma chi voleva minacciare! Le tremavano le ginocchia. La notte era più buia del solito. Aveva iniziato a piovere. L'uccello non smetteva di fissarla.

"CHIAK! CHIAK! CHIAK!" Un gracidare pauroso riempì le sue orecchie, la testa, la stanza. "Ma che vuoi, bestiaccia? Lasciami in pace!"
In quel momento si ricordò la frase che disse lo sceriffo alla signora Benner: *"Ma signora, assalire è una parola un po' grossa: gli uccelli non hanno mica l'abitudine di assalire la gente senza motivo."*
"Ma che motivo hai tu per non darmi tregua?" L'uccello si alzò in volo, aprì le ali e sbatté contro la finestra in basso, il becco rivolto verso l'angolo. Le sembrava volesse entrare per indicarle o addirittura dirle qualcosa. Poi volò via. Alice ebbe paura, si girò velocemente tuffandosi nel letto. Di corsa, come faceva da piccola quando voleva scappare da qualcosa che la spaventava. Una presenza invisibile ma ben percepibile. Non la vedi ma sai che c'è. Non riusciva a smettere di tremare. Si infilò sotto il suo morbido piumone che oggi le sembrava pesante e umido. Aveva i piedi gelidi e iniziò a strofinarli per riscaldarli. Il suo respiro era affannato e il battito accelerato. Cercò di respirare profondamente per calmarsi. Era troppo agitata. Inspirava. Espirava. Scese più in basso e si coprì anche la testa per scaldarsi prima. La stanza sprofondò in un cupo silenzio.
Nell'angolo a sinistra, sotto la finestra, c'era un vecchio baule appartenuto alla sua trisavola Giuseppina. La nonna le aveva chiesto di non buttarlo. "È un antico e prezioso cimelio di famiglia, il baule del corredo nuziale di mia nonna, la tua trisavola Giuseppina. Si usava preparare per ogni figlia femmina. Vi si inserivano i capi di biancheria per la casa, le camicie da notte, i fazzoletti, le sottovesti, le sottogonne, la biancheria intima. Sei pezzi per ogni cosa o multipli di sei. La ricchezza della ragazza si mostrava con il corredo che portava a casa del futuro marito" le spiegò la nonna. "Tempi passati. È un ricordo da conservare e tu sei l'ultima femmina della famiglia." Alice non sapeva che farsene di quel baule. Le sembrò una tradizione balzana, ma non commentò. Lo collocò nell'angolo della sua stanza, usandolo come mobiletto su cui appoggiava sopra i vestiti tolti.

La taccola sembrava volersi lanciare nel baule. "Non ci sarà mica qualche cadavere là dentro!" rifletté terrorizzata. Il vento iniziò a soffiare e una fioca luce entrava nella stanza. Aveva smesso di piovere. Sulla parete dell'armadio a muro le ombre dei rami di pini sembravano delle lunghe braccia pelose che si muovevano come se volessero acchiapparla. Alice aveva dimenticato di rinchiudere le tende. Da lontano si sentiva un ululato. Poi un cane iniziò ad abbaiare.

"Fallo ora!"

Si alzò decisa dal letto diretta verso l'angolo in cui si trovava il baule. Ora sentiva anche delle voci che le impartivano ordini. Tremava come una foglia e non riusciva a respirare. Buttò i vestiti sul pavimento di legno, girò la chiave di ferro nella serratura e aprì il baule. Un forte profumo di lavanda misto alla citronella uscì dall'interno. L'aria rinchiusa era così gelida che la fece tossire. La luna illuminò la stanza. Sembrava giorno. Dentro il baule c'erano poche cose: la Bibbia, alcuni ricettari, qualche foto ingiallita, alcune boccette con contenuto indefinibile, un quaderno dalla copertina gialla in cui qualcuno aveva fatto i conti, un altro piccolo quadernetto dalla copertina azzurra su cui c'era scritto *Giuseppina Gregoretti*. Alice lo aprì. Le pagine erano ingiallite, logorate del tempo, ma la calligrafia perfettamente leggibile. "Toh, il diario della bisbisnonna!" si stupì. La bisbisnonna aveva imparato a leggere e a scrivere dal parroco, don Luigi. Egli aveva notato con stupore che la bambina, a differenza degli altri bambini del paese, apprendeva molto velocemente le preghiere ed era in grado di ripetere interi capitoli della Bibbia, letti da lui stesso in latino. Aveva imparato a leggere molto velocemente ed era considerata ancora oggi il genio femminile della casa. La sua ava descriveva dettagliatamente le sue giornate dal 1916 in poi. Spesso si rivolgeva a Bepi, il suo futuro marito, partito per la guerra. Lei non sapeva dove fosse stato mandato e se sarebbe tornato, ma lo aspettava con tutto l'amore che aveva nel cuore.

"CHIAK! CHIAK! CHIAK!" Era un gracidare doppio. Il cuore iniziò a battere così forte che le sembrava le scoppiasse il petto.

"Uno stormo di taccole inferocite! Allora è vero..." Seduta sul pavimento con la schiena appoggiata al muro, nascosta da quelle orribili bestie, Alice non smise di leggere, tanta era la sua curiosità. La sua ava aveva riempito le pagine del diario scrivendo al suo amato. Poteva diventare un vero romanzo d'amore se solo qualcuno lo avesse messo a posto.

Non riusciva a stendere le gambe intorpidite. Cercò di stiracchiarsi. Ripose il diario nel baule, ma qualcosa cadde: una busta. Vi sbirciò e ne estrasse alcuni fogli. Era una lettera indirizzata alla trisnonna, scritta con calligrafia ordinata, i caratteri leggermente inclinati a destra. La scrittura era decisamente maschile.

Cara la mia Pinuccia,
Non smetterò mai di pensare a te e alla sofferenza che ti ho causato da quando sono tornato a casa. Ormai sono passati due anni. Ho lottato con tutto me stesso per essere quello di una volta. Tornare quello che ero: un uomo allegro, fiducioso e ottimista. Troppi sono i fatti che hanno cambiato la mia vita e di conseguenza la tua. Io non posso dimenticare i ragazzi del 97° Reggimento, tanti soldati, in realtà uomini comuni, mandati allo sbaraglio dall'Impero austro-ungarico. Erano miei compagni di battaglia che non capivano una guerra tuttora incomprensibile. Sono andato per dovere, costretto da coloro che ubbidivano agli ordini pure loro, e tornato martirizzato, distrutto, ferito nella mente mai guarita.
Ogni notte sento le urla, il pianto, il dolore. Rivivo l'assurdità, l'orrore, l'angoscia di noi uomini nell'erba secca, nelle foreste di betulle. Ancora oggi sento i cavalli che ci calpestano e le preghiere dei miei compagni. Il mio corpo travolto da altri corpi. Ero nascosto, immobile, tentando di non respirare, con la testa nella terra umida, nera, profonda e la speranza di non essere visto, di essere invisibile. I Russi ci volevano tutti morti e ci calpestavano con i cavalli in cerca di vita per trasformarla in morte. Sono sopravvissuto per miracolo e tornato a casa. Da te.

Solo il pensiero che mi portava a casa mi ha dato il coraggio di andare avanti. Sono un altro uomo, l'ombra del Bepi che ti ha lasciata cinque anni fa. La maggior parte dei miei amici, soldati istriani, sono morti e una parte di me è morta con loro. Allo stesso tempo devo far finta che non sia successo nulla, che sono felice di essere qui, di essere forte e coraggioso, un eroe di guerra...

Un tonfo. Un forte rumore arrivava dall'esterno. Botti, spari. *"Saranno i cacciatori"* ipotizzò Alice.

"Lasciatemi andare, doppiogiochisti di merda!" urlava qualcuno.
"Picchia forte Luigi! Non lasciarlo scappare!"
"Bastardo! Chi ti credi di essere!" lo prendeva a pugni Luigi.
"Voi Gregoretti siete i veri traditori" rispondeva Mario con le spalle al muro "Potete uccidermi ma rimarrete comunque dei traditori: Italiani che hanno combattuto per l'Impero austro-ungarico contro gli Italiani. Che gente siete?" Sarcasmo in quella voce che tremava dalla rabbia mista all'alcol.
"Taci! Taci! Da dove vieni tu? Cosa ne sai tu? Chi ti credi di essere?"
"Bepi, ammazzalo!" gridava Luigi.
"Vengo da Venezia. È là che si sono trasferiti i miei antenati per non dimenticare quello che siamo. Non come voi, codardi! Gente senza spina dorsale. Io mi vanto di essere un Italiano e non un bastardo traditore come voi!"
Un colpo. Due colpi. Urla demoniache. Rabbia e dolore. Un corpo a terra. Un corpo buttato nel fosso.

Un forte rumore.
"CHIAK! CHIAK! CHIAK!" in lontananza. Se ne stava andando.

La guerra finì. Luigi, mio cugino, tornò dalla Galizia due anni dalla fine della guerra, a piedi e con mezzi di fortuna, uno dei pochi fortunati tornati a casa. I compaesani lo guardavano con un occhio di riguardo. Era tornato diverso, irascibile,

attaccabrighe. Beveva molto e fumava come un turco, un'abitudine presa durante la guerra. Una sigaretta dietro l'altra. Sul campo di battaglia aveva patito il freddo, tanto che non sentiva più alcun dolore alle dita. Da sobrio non ne parlava mai, ma quando era ubriaco, raccontava della povertà della gente del posto, del gelo che penetrava le ossa sui Carpazi, della fame, della tosse incessante, della morte presente sempre e ovunque... il colera, la polmonite che decimavano le file della truppa ancor più che le pallottole zariste. Con lo sguardo fisso in un punto a noi invisibile narrava di fatti avvenuti nei boschi dove combatteva, si nascondeva, scappava. Continuava a strofinarsi il naso perché non sopportava l'odore della terra umida mista al sangue e a pulirsi i vestiti da quella terra nera come la pece che non riusciva a togliersi di dosso. "Ci mandarono in Galizia, una terra lontana, tanto diversa dalla nostra Istria... Pensa, sulla bandiera c'è uno strano uccello, sembra la nostra cornacchia. Il tenente mi ha spiegato che la bestia – qui ne volano tantissime, anche se romba il cannone – si chiama taccola."
Raccontava, si arrabbiava, imprecava, piangeva mentre il mozzicone di sigaretta gli bruciava le dita, ma lui non reagiva. In guerra si diventa immuni al dolore fisico.
Mario non aveva colpa. Anche lui ha combattuto una guerra inutile, come noi, convinto del contrario: un italiano di Venezia. Ci siamo incontrati per sbaglio. È successo perché siamo degli uomini stupidi e orgogliosi, ubriachi di incoscienza, incapaci di reagire in altro modo. Vigliacchi e codardi dentro. Fuori leoni.
Mi rode il vulcano dentro. Brucio, Pina, mia!
Resisti e non arrenderti perché tu non sei una debole!
Tornerò da te.

Castelvenere, novembre 1920   *Il tuo Bepi*

Un rumore. Un tuono in lontanza. Inverno. Qualcuno gira per la casa. Di nuovo. I rumori si ripetono periodicamente. Poi smettono.

“Spiriti degli antenati” scherzava sempre la nonna. Ma lei se n'era liberata…

La sveglia la destò. Si era addormentata sul pavimento, la testa appoggiata sulle ginocchia e il quadernetto a terra. “No, sono già le sette!”

“Alice, sveglia! Sei rimasta di nuovo online tutta la notte? Muoviti, se vuoi che ti accompagni a scuola.”

“Mamma, passa Marinka a prendermi oggi!” mentì.

Il brandello di felicità

Era una fredda notte di fine gennaio. I "refoli" della bora facevano tremare le persiane. Lucia si affacciò alla finestra che dava sul giardino. *"Bora chiara"* pensò osservando il cielo stellato senza luna. Alcune foglie secche danzavano freneticamente sotto l'ulivo centenario che si ergeva orgoglioso al centro del giardino, tentando di mantenere una posizione salda. I piccoli fari posti sul muretto abbracciavano quel pezzetto di terra, illuminando la pianta dalle foglie d'argento che Sandro, suo marito, amava tanto.

In quel preciso istante Lucia si sentì mancare le forze. Le sembrò che il suolo stesse tremando. Pensò a una scossa di terremoto. Un vortice si stava impadronendo della sua mente, dei suoi pensieri. Non riuscì a rimanere in piedi e si sedette sul pavimento freddo del sobrio salone che lei stessa aveva arredato con tanta cura. Iniziò a tremare. Lacrime trasparenti e salate sgorgarono e bagnarono il suo volto che aveva assunto una smorfia di dolore innaturale. Cercò di concentrarsi sull'ulivo, voleva vedere le foglie danzare, ma il vetro della porta finestra le rimandò la sua immagine riflessa. Piangeva, in silenzio, come se avesse pietà della sua figura.

In sottofondo gli spari e le urla di personaggi di un film d'azione, che provenivano dal televisore acceso, le ricordarono la presenza di Sandro nella stessa stanza. "Tanto dorme" sussurrò.

Cercò un fazzolettino di carta nella tasca della tuta da ginnastica in ciniglia blu, la sua preferita, ma non lo trovò. Doveva alzarsi e andare in bagno, ma non ne aveva la forza. Sentì un calore al basso ventre. Si scosse e strinse i denti.

Continuava a mantenere la stessa posizione davanti alla porta finestra del salone. Aveva bisogno di distrazione. La bora si calmava per poi riprendere con forza e trasformarsi in una nuova raffica violenta che si perdeva lungo la stretta strada del Viale degli Ulivi in cui vivevano: una piccola villetta, costruita con amore, pronta ad accogliere l'allegria di una bella famiglia.

E qui crollava il sogno.

Lucia si pulì il naso nella manica della tuta. *"Tanto la devo lavare. Tanto mi devo cambiare. Tanto mi devo lavare."* Sembrava una litania che ripeteva mentalmente.

I suoi grandi occhi verdi riflessi nel vetro sembravano due crateri infuocati. Anche le guance erano arrossate e le labbra secche. Aveva sete.

"Non mi alzo." Appena pronunciò queste parole, una nuova ondata di calore invase il basso ventre. Ebbe la tentazione di portare la mano all'inguine ma la ritrasse immediatamente. Avrebbe toccato un liquido denso e appiccicoso.

L'incubo, sempre lo stesso, continuava a ripetersi e non aveva nessuna intenzione di terminare.

"La sofferenza fa parte del mondo. Da sempre. Per sempre. Dicono che già nascendo l'uomo provi dolore. Non me lo ricordo ma ci credo. Abbandonando l'utero materno che lo aveva ospitato per nove mesi, che lo aveva coccolato, offerto protezione e nutrimento, il neonato inspira l'aria senza la quale la vita terrena sarebbe impossibile e mette in funzione per la prima volta i suoi polmoni. E piange. Tutti attendono il suo pianto, il segnale che ci informa che tutto procede per il meglio. Ma lui soffre? Probabilmente sì." Lucia si abbandonò all'onda dei suoi pensieri, lasciandosi trasportare dalla furia della bora che continuava a soffiare all'esterno.

"Così è iniziata anche la mia vita. La sofferenza s'impadronì della mia esistenza mentre io cercavo piccoli brandelli di felicità lungo il mio percorso di vita e m'illudevo che questi fossero eterni. La felicità termina presto, il dolore invece è interminabile. Continuo a lottare per il solo benessere della mia mente, del mio corpo. Oggi sono stanca. Mi sento uno straccio lurido, buttato per terra e calpestato da tutti i passanti. Gente sconosciuta che non mi vede, non mi sente. Invisibile nella mia sofferenza. Eppure so che sono

viva e che mi aggrapperò anche al filo più sottile di speranza e continuerò a lottare fino all'ultimo respiro."

Sono passati circa due anni da quella festa, quando il test per la gravidanza confermò la sua ipotesi: era incinta. Brindarono con il miglior champagne che Sandro comprò tornando dal lavoro e fecero l'amore con passione, felici della vita che stava nascendo in lei. Organizzarono un pranzo domenicale per i familiari ai quali comunicarono la bella notizia preparando i segnaposti per i commensali su cui, invece del nome, c'era scritto il grado di parentela che avrebbero avuto con il nuovo nascituro: *nonna, nonno, bisnonna, zia e zio, cugino.* All'inizio non capirono, ma poi zia Sandra fece un salto dalla sedia e corse verso la sorella abbracciandola forte. "Che gradita sorpresa!" disse con gli occhi lucidi. Fu davvero una bella serata. Si scherzò, si rise, si brindò. Era il tempo del brandello di felicità. La sera stessa lei e Sandro parlarono a lungo del loro bambino, progettarono la stanza che gli avrebbero preparato. Bisognava dipingerla in colori pastello e ogni parete sarebbe stata diversa. Dovevano acquistare il lettino, il fasciatoio, l'armadio per la biancheria. C'era molto da fare. Erano veramente felici. Si amavano nella loro casa, che avevano costruito da soli con tanti sacrifici e il bambino, il loro sogno, che, è vero, ha stentato ad arrivare, finalmente stava realizzandosi.
"Ho tutto ciò che un uomo può desiderare. Tutto." le disse Sandro e i suoi occhi scintillarono di felicità. Non servivano parole per spiegarla.
All'ottava settimana di gravidanza si svegliò in una pozza di sangue. Il brandello di felicità svanì. E la festa terminò.
La coppia ebbe un lungo periodo di silenzio. Non parlarono più di gravidanza, di bambini. La delusione era troppo grande, il dolore troppo forte. Lucia si sentiva vuota, triste, inutile, fragile. Non aveva il coraggio di affrontare l'argomento con il marito. Decise che si doveva dar da fare, reagire a quella situazione. Era stata sempre una donna forte, capace di superare ogni ostacolo con pazienza e forza di volontà.

"Lucia, ti consiglio di aspettare qualche mese e poi ritentare. Succede a molte donne di perdere un figlio in gravidanza. Questo è un segnale che ci informa che qualcosa, a livello genetico, non andava bene. Penso sia meglio che questo succeda all'inizio della gravidanza che più tardi." Il ginecologo cercava di consolarla, ma a lei non servivano parole. Aveva bisogno di fatti concreti. Aveva bisogno di arrivare al suo obiettivo: un figlio.
"Non ti preoccupare Lucia, arriverà." le disse una sera Sandro abbracciandola forte.
"Mi dispiace" rispose lei "Volevo darti quel figlio. Mi riprenderò, te lo prometto."
Cercò informazioni in rete riguardo all'adozione, anche internazionale e capì che i tempi erano lunghi, il percorso dispendioso e faticoso. Poi si concentrò sull'affidamento temporaneo. *Va a finire che mi affezioni e dal centro sociale me lo prendono per ridarlo ai genitori.* Pensò. Decise che aveva bisogno di staccare per un periodo, di andare da qualche parte per aiutare chi ne aveva necessità. Stilò una lista di associazioni di volontariato che operavano all'estero. Anzi, voleva andare in Africa. *Prima m'informo e poi ne parlo con Sandro.* L'indomani sarebbe uscita per andare a fare un giro di *perlustrazione.*
Si svegliò di buon'ora con il sorriso sulle labbra. Preparò la colazione per lei e il marito, bevve il suo caffè e mentre si trovava davanti all'armadio per la scelta dell'abito da mettere, si sentì male: nausea. Dovette correre in bagno e vomitò la colazione. "Mi sa che mi sono presa un'influenza intestinale" disse.
"Ti preparo un tè" rispose lui, glielo portò a letto, le diede un bacio e se ne andò.

Brutta storia

"Erbacce! Devo strapparle, eliminarle, sradicarle. Maledette erbacce!"

Seduta in giardino sorseggiavo il mio caffè mattutino, gustandomi l'ultimo capitolo dell'*Ombra dell'ulivo*. Era una splendida giornata di sole primaverile, quasi estate direi, in cui ci si potrebbe sdraiare al sole per ore e godersi la bellezza della vita. Gioire della vita è come mangiare il pane buono, appena sfornato, caldo e profumato. Ti viene voglia di morderlo, anche se non hai fame. Spesso immagino di mangiare la vita in modo simile, a volte lo faccio a piccoli morsi altre volte la divorerei in un solo boccone. Ci sono momenti in cui sono paziente e so aspettare e momenti in cui emerge tutta la mia ingordigia. Divento insaziabile e divoro tutto all'istante. Oh, come viaggia la mia fantasia!

"Le odio. Non le posso soffrire. Mi fanno morire tutti i fiori del giardino! Schifose erbacce!"

Ecco, questa è una giornata in cui sbranerei mia nonna. La mangerei perché proprio non la sopporto quando inveisce e se la prende con qualcuno o con qualcosa. Mi sforzai di non badare alle sue parole. Lei, come una bambina capricciosa, cercava qualcuno che le prestasse attenzione, ma io non ne avevo voglia. Ero rientrata alla quattro e avevo pure litigato con Giulio. Quello è un animale insaziabile. Dopo il giro dei bar della città siamo andati a casa sua e abbiamo fatto l'amore. Ah, quanto lo fa bene! Dovevo fare pipì e avevo una gran fame. Mi sono alzata mentre lui sembrava essersi assopito e mi sono diretta in bagno. Nuda. Mi piace stare in casa sua perché lì siamo soli e posso andare in giro

come voglio, senza il terrore di incontrare nonna per le scale che
urla: "Snaturata, camminare in giro in mutande! Che vergogna!"
Quando mi sono avvicinata al lavandino, mi è spuntato alle spalle.
Che spavento! E lui si è eccitato: "Ti voglio…" mi ha sussurrato.
"Sono stanca, Giulio…" Ma lui non volle sentire ragioni e così
l'abbiamo rifatto sulla lavatrice e poi sul divano in soggiorno. Non
mi è dispiaciuto, ma poi mi sono incavolata perché non mi
considera, non ascolta le mie ragioni, non mi da mai retta.
"Perché ti arrabbi, fragolina?" mi ha chiesto facendo gli occhi
dolci "Sai che ho sempre fame di te. Dovresti esserne contenta."
Mi è piaciuta la frase e me la sono scritta nell'agenda, ma gli ho
comunque tenuto il broncio. Così, per farlo pensare un po'. Non è
giusto che lui faccia tutto d'istinto. Magari un giorno vedrà una
ragazza carina e non potrà resistere. "Avevo fame di lei" sarà la
sua giustificazione. Uomo primordiale! A parte questo fatto, con
lui mi diverto molto. Sono giovane e la vita va vissuta.

"Non vale niente, nemmeno l'erbicida funziona. Queste non le
uccide nessuno. Bastarde!"

Non avrebbe smesso, lo sapevo. Stavo valutando l'ipotesi di
rientrare con passo felpato senza reagire, ma lei mi avrebbe
ripescata e aggredita. Attendeva una mia reazione. Era arrabbiata
per qualcosa. *Uffa, non me ne frega niente della sua rabbia e
delle sue erbacce! Per me potrebbe lasciare crescere solo quelle
ed eliminare i fiori!"* pensavo e m'illudevo di potermene andare
senza doverci parlare. Avevo anche mal di testa. Troppo Cuba
Libre ieri sera.
"Allora, qual è il problema?" partì una frase interrogativa brusca
come un razzo. Quasi non riconobbi la mia voce e mi stupii di me
stessa. L'intenzione non era quella.
"Buongiorno, signorina! Ti sei alzata?" sfotteva.
"Direi" risposi con tono tranquillo.
"Sono le undici passate, sai? Ai miei tempi…"

"Ai tuoi tempi e alla mia età te ne stavi a casa ad aspettare che il tuo promesso sposo tornasse dalla guerra vivo per poterlo sposare e fare quattro figli con lui, uno più disgraziato dell'altro: lo zio Aldo, che si sbronza in continuazione con la scusa di aver perso il lavoro per colpa della crisi. Piange e si dispera invece di rimboccarsi le maniche e arrangiarsi. Lo zio Martino, con due divorzi alle spalle e tre figli a carico. Era necessario risposarsi e fare un altro bambino di questi tempi? Capisco che la moglie ha qualche anno più di me e l'istinto materno è forte, ma lui! Parliamo dello zio Luigi, che fa il single eterno e per il pranzo di Natale ci presenta ogni anno la sua nuova fiamma. Poi c'è il mio caro *padre, il Nullafacente*, che si fa mantenere dalla moglie e dalla tua pensione. Poverino! Se riesco a trovare dei lavoretti io, perché non potrebbe farlo anche lui? Lui ha il diploma di ragioniere e non si accontenta di qualsiasi cosa e allora sta a casa davanti alla televisione e aspetta che la sua mamma gli cucini il pranzo e la cena. Perché non gli porti il caffè a letto, nonnina? Ma sì, lui è il più piccolo e bisogna curarlo e capirlo. So essere cattiva anch'io, sai!" Non la sopportavo e sentivo l'eco delle parole, ripetersi dentro di me. Mi pentii subito ma fu tardi. La nonna sbuffò e mi fulminò con lo sguardo.

"Almeno io ho aspettato il matrimonio per fare certe cose!" mi disse continuando a tirare le erbacce. "Fai quello che vuoi, vai dove ti pare e con chi ti pare e i tuoi genitori non aprono bocca. Pensi che non le veda queste cose? Ho ottantatré anni, ma non sono stupida!" La guardai stupita. Ecco, cosa non le andava. Non si può fare quello che si vuole. Ero nelle sue grinfie. Mi avrebbe azzannata e si sarebbe pulita i denti con le mie ossa.

"Va bene. Ognuno ha il diritto di fare le proprie scelte nella vita. Non ti sembra?"

"Dimmi, da quanto tempo non sei andata in chiesa? Non hai rispetto per nessuno. Sai solo chiedere e dare nulla in cambio. Insaziabile egoista e opportunista." Non era arrabbiata con me. Doveva essere successo qualcosa che io non sapevo. "Noi donne dovremmo essere più dignitose, leali e forti. Possiamo sopportare molto e vincere tutte le battaglie."

"Nonna, sono fidanzata da quasi un anno. Ovvio che faccio l'amore con Giulio. Ho ventitré anni, nonnina. I tempi sono cambiati. Se non ti va bene, pazienza. Me ne farò una ragione. In chiesa? Non ci vado da qualche anno. Precisamente dal matrimonio di Luna. Dunque, tre anni fa" risposi, mantenendo il tono della voce basso. Non mi andava che zia Renata sentisse i nostri discorsi. Se ne stava sempre ad origliare, curiosa com'era dei fatti altrui.

La nonna parlava con me ma continuava a starsene inginocchiata sul muretto del giardino da cui strappava anche i più esili steli d'erba. Quando nominai Luna, la nonna si drizzò e saltò in piedi. Eravamo molto vicine.

"Hai visto Luna ultimamente?" sibilò ma mi era sembrato d'aver sentito un urlo.

"Qualche settimana fa al mercato. Ha un bel pancione! Dovrebbe partorire presto" conclusi sorridendo. Mi ricordai che mi aveva detto che mancava ancora un mese al parto. Aspettava un maschietto e lo avrebbe chiamato Michele. Come nome non era un granché, ma a lei piaceva.

"La sai l'ultima?" chiese la nonna.

"Ah, non preghi più. Ti sei messa a raccontar barzellette?" sorrisi. Lei non rispose. Mi si accostò e si sedette. Il sole era ormai alto nel cielo. Faceva caldo, ma era un calore piacevole, non fastidioso. Si rilassò ed io aspettai che dicesse qualcosa. A volte bisticciavamo ma facevamo presto a fare pace. Le volevo bene. Lei era il pilastro della nostra famiglia sgangherata. Pensai che la sua ira fosse motivata. Io non ne sapevo niente ma iniziavo a incuriosirmi.

"Me l'hanno detto in chiesa, sotto la statua di Gesù in croce. In confidenza perché, solitamente, gli altri sanno, ma i parenti o i diretti interessati no. Io non ci volevo credere, poi l'ho affrontata, gliel'ho chiesto. Dapprima non mi voleva rispondere. Non negava, capisci? L'ho tartassata finché non mi ha raccontato tutto e, pensa,

lui lo sa e gli va bene. Ha confessato e mi ha raccontato tutti i particolari. Ma che gioventù! Sono vecchia, stupida, ignorante, ma non posso proprio tollerare questo. Che tempi! Si parla sempre e solo di economia, di crisi, di politica, di *spread*, di tasse… Non si conosce più la lealtà, il rispetto, l'amore. No, tutti a tradire tutti."
Non avevo capito molto da quel discorso. "Chi ha tradito chi?"
"Ma che, sei scema?" Si adirò nuovamente. "Te lo devo dire in parole povere. Il figlio che Luna ha in grembo non è di Marco!"
Questa non me l'aspettavo. Non poteva essere vero. Luna era una ragazza seria, innamorata di Marco dalle elementari, stanno insieme da sempre. Non fa vita mondana. Casa e lavoro. Ha deciso di aprire un piccolo negozio di biancheria intima in città, alcuni anni fa, ed era contenta; anche se ultimamente il lavoro scarseggiava, lei non si lamentava. Impossibile. La nonna sta dando i numeri.
"Nonna, penso che ci dovresti andare cauta con certe affermazioni. Stai parlando di tua nipote, la più seria e affidabile delle quattro, senza contare Fabio, ma lui è solo un quattordicenne. E poi con chi lo poteva tradire?"
"Domenico. Il meccanico. Lui lo sa, Marco pure." Si inginocchiò di nuovo e continuò a tirare ogni minimo filo d'erba dal giardino. "Quante erbacce ci sono in giro! Quanto dolore…" continuava a mormorare e io sapevo che così sfogava la rabbia che aveva in corpo.
In quel preciso momento squillò il telefono. Potevo non rispondere, ma dovevo smaltire lo shock e mi alzai. Mentre camminavo per la casa come uno *zombie* pensavo a mia cugina e non capivo, non capivo. Non potevo comprendere il motivo. Perché? Forse non era nemmeno importante.
Brutta storia, però.

La forza della volontà

Le veniva sempre il batticuore di fronte a quel cancello e le saliva un nodo in gola. Ogni volta lo inghiottiva, chiudeva per un istante gli occhi e poi apriva con forza il cancello di ferro battuto e si dirigeva con passo veloce verso il lato sud del cimitero.
Non saltava una settimana. Poteva piovere, fare molto freddo o tanto caldo da togliere il respiro. Quando decideva di andare, non diceva niente a nessuno, spariva saltando in sella alla sua bicicletta o si metteva a correre veloce, perché voleva semplicemente allontanarsi un po', stare da sola. Punto.

"Mamma! Mamma, dove sei? Mamma sono sveglia." Era la voce roca di una bambina. Era Stella che chiamava la mamma da sotto le coperte.

Sull'uscio della porta fece capolino nonna Marisa. "La mamma non c'è. Torna domani." La luce del giorno, che stava vincendo il buio della notte, entrava timida dalle persiane socchiuse.

"No che non torna domani. Starà via a lungo, lo so. Tanti giorni. Come ogni volta" disse tristemente Stella.

La nonna si avvicinò al suo letto e si sedette accanto a lei. "Vieni piccola. Su, dai, che ho bisogno di coccole!" Sorrise cercando di rassicurare la piccola che balzò da sotto le coperte direttamente in braccio alla nonna.

"Uh, ma quanti animali avevi lì sotto?" disse la nonna ridendo, riferendosi ai numerosi peluche che Stella teneva in braccio.

"Gina, Sara, Bella, Ronda e Simba. Cinque belve feroci, nonna. Loro mi proteggono."

La nonna fece la voce grossa: "Ecco a voi gli animali più feroci del mondo: Gina il boa, Sara la leonessa, Bella il lupo, Ronda la tigre e Talco l'orso polare. Provate ad avvicinarvi se ne avete il coraggio!" Stella sorrise. "Ma da cosa ti proteggono, piccola?" chiese nonna Rosa facendosi seria. "Dalle brutte malattie. Quelle che ti portano in ospedale per tanto tempo e che non ti fanno stare mai a casa. Sono veramente delle brutte bestie che non ti permettono di giocare, uscire, ballare. Sono mostri feroci, sai nonna, quelle malattie. Ti succhiano il sangue come vampiri, ti consumano tutte le energie. Alla fine non hai più forza e ti viene sempre da piangere. Ma io non ho paura perché ho cinque eroi che mi difendono."

La nonna girò la testa per non far vedere gli occhi lucidi. "Su ora ci prepariamo, facciamo colazione e via all'asilo a giocare con i tuoi amici."

Stella saltò dal letto, nascose i peluche sotto le coperte e corse in bagno.

Nonna Marisa passava lunghi periodi a casa loro, aiutava la mamma e si prendeva cura di Stella quando lei non c'era.

Un giorno, mentre la nonna stirava e lei era seduta sul divano a guardare un cartone, chiese: "Nonna, perché un bambino si ammala?"

Sorpresa dalla domanda, la nonna ci pensò un istante e poi rispose: "Non si ammalano solo i bambini, ma anche gli adulti. Può trattarsi di un raffreddore o un mal di gola. Altre volte le malattie sono più gravi."

"Sai cosa penso? Se si ammala una nonna o un nonno, allora va bene, perché loro sono vecchi, ma quando è un bambino ad ammalarsi di una brutta malattia, allora penso che sia sbagliato. Non va bene che un bambino stia tanto male da dover rimanere a lungo in un ospedale. Si deve sentire davvero triste in quella stanza tutta bianca, con tutti i tubicini nel corpo e dover prendere tante medicine. Io starei ancora più male."

"Hai ragione piccola, le brutte malattie dovrebbero stare a migliaia di chilometri dai bambini." Staccò il ferro da stiro e passò tutto il pomeriggio a giocare con la nipotina.

Il cimitero del paese non era molto grande e Stella, varcata la soglia, sentiva un senso di pace interna. È lì che lasciava scorrere nella sua mente la pellicola del film della sua vita, i ricordi di quando era piccola.

Tutto si svolse così in fretta. Era una bella estate. La sua famiglia passò dieci giorni stupendi in Grecia, sull'isola di Rodi. Era la prima vacanza in cui Stella ed Elisa, che allora aveva tre anni, salirono su un aereo. Si divertirono molto, anche se Stella aveva un po' paura, ma non lo disse a nessuno. Fecero il bagno in un mare azzurro come il cielo dopo la tempesta, giocarono nella sabbia che scottava sotto i piedi umidi e visitarono luoghi sconosciuti. A Stella piacquero molto il souvlaki, un tipico spiedino greco e lo tzatziki, una salsa di yogurt e cetrioli. Risero molto e papà promise alle "sue tre donne" che l'anno successivo ci sarebbero ritornati.

A pochi giorni dal rientro a casa, Stella compiva cinque anni e i suoi genitori le prepararono una bella festa. C'erano tutti i parenti e tanti amici dell'asilo. Papà le aveva fatto una bella sorpresa: invitò un vero prestigiatore che preparò uno spettacolo bellissimo al quale parteciparono tutti i bambini. Insegnò ai bambini anche qualche trucchetto da poter mostrare ai propri amici. Poi c'erano anche i fuochi d'artificio, la torta, gli auguri. Un compleanno perfetto. Come lo era la loro vita.

Quella notte Elisa, una bambina solitamente allegra e vivace, si sentì male. Già in vacanza la mamma aveva osservato che si stancava molto e non mangiava abbastanza. "Sarà per il caldo" diceva poi a papà. "Sicuro, non preoccuparti" le rispondeva lui tranquillizzandola.

La sera del compleanno, quando tutti se ne furono andati, Elisa si stese sul divano e si addormentò. Quando mamma la volle mettere a letto, osservò le guance rosse della piccola e il respiro affannato. Elisa aveva la febbre alta, non si voleva svegliare. Il papà le palpò il collo e si accorse che le ghiandole erano ingrossate. Dopo qualche ora si svegliò, la febbre era ancora alta. Si lamentava di avere dei dolori ovunque. "Mamma, sto male" ripeteva. Il mattino seguente la portarono dal pediatra che consigliò di darle il paracetamolo se la febbre non si abbassava e la mandò a fare un prelievo di sangue.

Il telefono di casa squillò. La nonna rispose. Parlava così piano, quasi sussurrava, che Stella non riusciva a sentire. Riattaccò. Piangeva.
"Elisa sta molto male" disse.
"Morirà?" chiese Stella.
"Spero di no, piccola" Nonna Marisa la strinse forte a sé, così forte da farle male.
"Nonnina, mi fai male!"
"Scusa, piccola mia, ma io vi voglio tanto bene e ho paura di perdervi."
"Quando andiamo dalla mamma?"
"Sai cosa facciamo? Oggi ti vengo a prendere all'asilo dopo il pranzo e andiamo a Lubiana a trovare Elisa e mamma. Faremo loro una sorpresa! Se poi non ci faranno entrare, pazienza, le saluteremo da dietro la vetrata, d'accordo?" propose la nonna sorridendo con le lacrime che continuavano a scendere.
"Sì, nonna. Andiamo da loro!" Stella era felicissima.

Come si può trasformare una vita in una notte! Elisa non si riprese. Divenne sempre più debole, pallida e si lamentava di avere dolori ovunque. Le diagnosticarono la leucemia infantile, o meglio, la leucemia linfoblastica acuta.
La nonna spiegò a Stella che si trattava di una malattia, un tumore, che si mangia i linfociti, in altre parole i globuli bianchi che ci proteggono dalle infezioni e rappresentano una parte fondamentale del nostro sistema immunitario. Se non ci sono loro, allora si prendono tutte le infezioni e il corpo non ha la forza di combattere. Anche i globuli rossi diminuiscono. Si è stanchi. Sempre senza forze. Come succedeva ad Elisa.
Nonna Marisa le spiegava sempre tutto con parole che poteva capire anche lei. Era semplice e chiara, sempre pronta ad aiutare

chi ne aveva bisogno. Non giudicava mai nessuno ed era pronta a ogni tipo di sacrificio per aiutare la sua famiglia. Stella non conobbe mai il nonno. L'aveva visto in fotografia: un vero lupo di mare, forte e robusto, dai baffi lunghi e neri. Nonna Marisa parlava spesso di lui raccontando della loro bella, anche se sofferta, storia d'amore.

Stella sapeva che la situazione era difficile, che molte persone muoiono per una malattia, ma molte si salvano e sua sorella si sarebbe salvata perché tutti le volevano bene e tutti volevano che lei guarisse.

"Stella, conta molto la forza della volontà. Se tu vuoi una cosa con tutte le tue forze, puoi superare ogni ostacolo." Le disse un giorno la nonna. Lei voleva che tutto tornasse come prima: mamma e papà felici con le loro due bambine.

La mamma era sempre preoccupata e piangeva spesso. Era dimagrita e soffriva tanto, ma non parlava molto. Abbracciava Stella e piangeva. Stella voleva consolarla ma non sapeva come fare. A volte le diceva: "Mamma, tutto andrà bene." Il papà, che inizialmente affrontò la situazione con coraggio e ottimismo, iniziò a lavorare molto, troppo. Non c'era mai.

"È un suo meccanismo di difesa," le spiegò la nonna "non sa come reagire alla sofferenza. Passerà." Stella aveva fiducia nelle parole della nonna. Lei era il suo punto di riferimento.

"Non può avere visite esterne. Troppo rischioso per le infezioni. Starà meglio. Presto starà meglio" la rassicurò la mamma all'ospedale. Poi parlò con la nonna di cure, terapia basata su schemi di polichemioterapia. "Ho fiducia" disse alla fine "Dicono che reagisce bene…"

Stella osservava la sorellina dal piccolo vetro della porta della sua stanza. Dormiva. Era molto pallida e Stella si sentì invasa dalla paura di perderla.

Diede alla mamma un orsetto di peluche che la nonna aveva comprato prima di partire.

Quel giorno era una bella giornata di aprile. Il sole stava calando. Tornarono a casa in macchina e parlarono poco, entrambe immerse nei loro pensieri.

"Se Dio deve chiamare a sé qualcuno, allora non si deve accanire contro una bambina! Prenda me. Io, la mia vita l'ho vissuta e vorrei solo che le mie nipotine riuscissero a vivere serenamente la loro!" si sfogò la nonna. "Scusa, Stella, ma sono arrabbiata. Non mi pare giusto quello che sta succedendo!"

"Lo so. Sono d'accordo con te."

Lasciò scorrere liberamente i torrenti di lacrime mentre guardava la fotografia in bianco e nero di una donna sorridente, forte e generosa,

"Dio ti ha ascoltata, nonna. Mi dispiace che te ne sia andata così in fretta, senza nemmeno salutarmi."

Elisa era una piccola, grande, lottatrice. Voleva vivere e la mamma combatteva con lei ora dopo ora, giorno dopo giorno. La bimba si riprese, reagì bene alla terapia e ricominciò la sua vita. La mamma tornò a sorridere e il papà chiese scusa per la sua debolezza. Stella e la nonna si abbracciarono, ridevano e piangevano per la felicità.

Un giorno la nonna non venne a casa loro per accompagnarla all'asilo e non rispondeva al telefono. La mamma si precipitò a casa sua, mentre papà rimase a casa con le figlie.

"La nonna si è addormentata per sempre" disse la mamma tra le lacrime quando tornò.

"Dio l'ha ascoltata." rispose Stella.

Nessuno capì quella frase.

Stella amava la nonna e ne sentiva la mancanza. Da anni ormai, ogni settimana veniva a informarla della situazione corrente, lassù, nel cimitero in alto sulla collina.

"Mamma sta bene. È molto presa dal negozio, ma si dedica anche al volontariato. Elisa va a scuola, non ama leggere, ma le piace la

matematica. Poi c'è Marco che non mi fila. Gliela farò vedere io!
La forza della volontà, nonna, ti ricordi? Conta molto, no?"
sorrideva.
"Nonna, grazie!" concludeva ogni volta il suo monologo, fatto di
pause alternate, come se stesse aspettando una risposta, mentre
lasciava il cimitero. "Mi manchi sempre. Eri davvero
straordinaria."

La sorpresa

Seduta sul divano del soggiorno, con addosso ancora il baby-doll azzurro e la vestaglia di seta coordinata, Sandra stava sfogliando il settimanale femminile *Mia donna*, ammirando la nuova collezione primavera/estate. Sul tavolino dinanzi, di raffinato desione, combinazione di vetro e ferro battuto, la tazza di caffè ancora fumante stava emanando il suo squisito aroma. Amava passare i sabati mattina a deliziarsi nel dolce far niente, a coccolarsi nella quiete assoluta: si gustava il suo caffè e si godeva la casa pulita e ordinata. Si era organizzata bene: la colf veniva il venerdì, puliva, lavava, stirava e riordinava. Il sabato, dunque, era la sua giornata preferita. Andrea era appena uscito per andare a lavorare preparandole il caffè, baciandola con passione, strizzandole l'occhio: "Stasera cena e poi cinema" le aveva comunicato telegraficamente con un gran sorriso.
Il sabato si poteva fare l'amore sia al mattino che di sera. Andrea usciva più tardi e rientrava prima. Era la giornata in cui si poteva chiedere e avere. E lei ne era cosciente. Sapeva che ne poteva approfittare, sapeva di avere un fascino a cui lui non si poteva sottrarre. Lo usava da anni, ormai, e aveva avuto sempre successo. Sorseggiò il caffè e si stiracchiò. Sentiva la primavera che stava arrivando, i fiori della sua anima stavano sbocciando. "Sono satura di narcisi, primule e violette" sussurrò a se stessa. La sensazione era piacevolissima. Il ticchettio della pioggia che bagnava l'enorme vetrata la rilassava, la cullava, la deliziava. Come si sentiva bene!
"Stasera glielo chiedo" pensava "Credo sia il momento giusto per fare una vacanza. Un po' d'ozio non guasterebbe in questo periodo. Si potrebbe andare a Cuba, all'Avana. Glielo chiedo dopo cena e il cinema. Meglio ancora dopo aver fatto l'amore. Forse

dovrei fare un salto dall'estetista." Sandra sapeva come prendere il suo compagno. Aveva le idee chiare a vent'anni e oggi a trenta erano cristalline. Nonna Anna diceva sempre: "Sandra, gli uomini bisogna prenderli per la gola con un buono e ricco pasto e poi a letto bisogna deliziarli con un dolce dessert." Era vero. Poi potevi chiedere e loro faranno di tutto per accontentarti. Nonno Dario era meno romantico. "Tutto il mondo gira intorno alla f… Guardati intorno e ne troverai la conferma." Poi le faceva l'occhiolino. "Voi donne possedete l'arma più potente al mondo. Neanche la bomba atomica ha questo potere. Dovete solo prenderne coscienza." Sandra aveva avuto due maestri ineguagliabili e oggi, da grande, usava al meglio i consigli che aveva ricevuto. "L'arma più potente…" Sorrise.

Aveva bisogno di riposo. Ultimamente il lavoro la stressava in modo esagerato. Il capo aveva iniziato a farle delle avance che la infastidivano. All'inizio aveva ironizzato e sminuito le battute e i doppi sensi, ma ora stava diventando davvero pesante. Sembrava volerle dire: "O cedi o te ne vai." Se ne sarebbe andata, lo sapeva. Non era disposta a cedere. Il suo lavoro le piaceva e si trovava bene con i colleghi. Erano una decina di architetti che, in seguito alla morte di Giacomo, l'architetto che aveva fondato la Stone, si sono dovuti adattare agli ordini poco stimolanti e controversi del figlio Sergio, un uomo viscido e ignorante, sulla cinquantina, frustrato dalla moglie, brutta, grassa e antipatica, che continuava a improvvisare visite, poco gradite, al suo ufficio. Sergio, minacciato da quella donna, da tutti soprannominata l'*Orca*, voleva dimostrare il suo potere e se la prendeva con i dipendenti, punzecchiandoli, facendo battute poco gradevoli, a volte, al limite del volgare, soprattutto con il sesso debole. Le sue colleghe erano perlopiù delle belle e affermate donne in carriera dai trenta ai quarant'anni. Era un vero stronzo e Sandra non aveva intenzione di sopportare le sue angherie, gli sfoghi di rabbia in seguito alle visite dell'*Orca* che, quando abbandonava il campo di battaglia, ti guardava con occhi cattivi da *pantegana* rabbiosa. Da quello sguardo emergeva tutta l'invidia per le graziose dipendenti dell'azienda di suo marito.

"Dovrò fare dei cambiamenti all'interno dell'azienda" disse un giorno il capo.

"Sergio dice che la moglie vuole far licenziare tutte le donne dall'azienda e che dipende solo da lui chi rimarrà. Stai attenta, Sandra! Perdere il lavoro in questo periodo di recessione non è una grande idea, anche perché qui si guadagna bene, nonostante tutto." le aveva detto un giorno Gabriella, durante la pausa pranzo.

Sandra immaginava cosa intendesse. Non era difficile accorgersi a cosa mirava il capo: spesso la chiamava nel suo ufficio improvvisando delle riunioni urgenti, quasi sempre in seguito alle visite della moglie. "I due hanno instaurato un rapporto di fiducia" concluse ironicamente Sandra. Gabriella era divorziata senza figli, single e certe cose se le poteva permettere, se lo desiderava, se si voleva abbassare al livello di quella *creatura*. Ma lei non ambiva a perdere la sua dignità per mantenere il posto di lavoro, anche se ne aveva bisogno e la gratificava. Lei non si sarebbe certo lasciata intimorire. Ad Andrea non aveva detto ancora nulla: era una donna capace di difendersi da sola, a reagire alle situazioni difficili e superare gli ostacoli. Insomma, sapeva risolvere i suoi problemi senza l'aiuto di nessuno. Il lavoro era uno degli argomenti di cui lei e Andrea non parlavano mai. Era una specie di tacito accordo che permetteva al loro rapporto di proseguire a gonfie vele. La vita di coppia riempita di discorsi da lavoro? No, c'erano argomenti più interessanti di cui parlare, cose più importanti da fare.

Ci voleva qualcosa che la rilassasse, che la coccolasse, che la rinvigorisse. Una vacanza, una sorpresa per Andrea.

Si alzò e andò in cucina. Che data era? Sabato, quattordici marzo. Doveva fare un salto in tintoria e passare da Viola, la sua amica, per un tè. Dopo una piacevole chiacchierata e qualche buonissimo dolcetto al cioccolato si sarebbe diretta all'agenzia di viaggi. "Una bella sorpresa non guasta a nessuno! Un po' di sole e tante nuotate. Un periodo di distacco è ciò che ci vuole." Si diresse verso il calendario per controllare le date, il periodo migliore per prendere le ferie. Notò che sul giorno sette aveva fatto una crocetta rossa. Le mestruazioni. "Oh! Un ritardo di sette giorni. Non male per una puntuale come un orologio svizzero. Lo stress fa brutti scherzi" si disse. "Ma per essere certi, facciamo il nostro test" sorrise tranquilla e diretta in bagno con un bicchiere di plastica.

Dall'armadietto del bagno estrasse una scatola blu e fece il test. Nell'attesa, pensava a Viola, che la chiamava da giorni perché le doveva assolutamente parlare. "Cosa voleva dirle di tanto importante?" si chiedeva curiosa. Dopo i tre minuti indicati, verificò il risultato: un inconfondibile crocetta blu. Impallidì. Questo sì che era un imprevisto. Ora si poteva parlare di sorpresa, di rivoluzione, e non quella del Che all'Avana… come avrebbe voluto, fino ad un istante fa, vedere quei luoghi!

"Sarà contenta nonna Anna, sempre pronta a ricordarmi dell'età che avanza, sia per me che per lei…" Sorrise davanti allo specchio, ancora incredula.

L'alchimia dell'amicizia

Seduta sulla panchina, all'ombra del vecchio pino solitario che aveva scelto di crescere a pochi metri dal mare, prese casualmente un panino dal sacchetto appena comprato. Era così morbido, profumato, ancora caldo. Davvero delizioso. Le ricordò il pane fresco della prozia. "Devo ammetterlo, Alessandro è davvero bravo a fare il pane!" commentò. Alessandro, un simpatico ragazzo dai capelli ricci e il sorriso buono, e sua madre Teresa avevano un piccolo panificio lì in paese. Lui di notte sfornava il pane e lei il mattino lo vendeva.
"Ne vuoi un po'?" chiese a Max, il suo piccolo bastardino bianco con la coda e le orecchie nere. Rispose scodinzolando allegramente. Divise il panino con il suo compagno di viaggio. Volse lo sguardo verso il mare ammirando le varie tonalità di blu. "Il mare che si fonde con il cielo. Stupendo!" sussurrò.
Abitava a Strugnano da un anno ormai. Si era trasferita per lavoro. Le piacque sin dal primo momento: si trovava a pochi chilometri dalla città in cui avrebbe lavorato e la casetta che aveva affittato era situata in piena campagna. Curava un piccolo giardino con alcune ortensie, delle rose scarlatte, un paio di margherite bianche e qualche geranio rosso, il suo colore preferito.
Il paese era davvero piccolo. Contava circa cinquecento persone. La gente era cordiale e aperta. Quando non le andava di cucinare mangiava alla Trattoria Vittorio. La cuoca era una persona generosa e la coccolava abbondando nelle porzioni. "Si vede che vieni dalla città." le diceva. "Poche cose genuine. Noi abbiamo i nostri contadini che ci portano le verdure e i pescatori che ci portano il pesce fresco. Naturalmente, se hanno voglia di lavorare. Dopo le sbronze, non si alzano volentieri dal letto. Si sa, *chi dorme non piglia pesci!*" Commentava ridendo di gusto. Le persone *per*

bene le riconosci subito e lei era una di quelle. Comprava il giornale da Renato, che era un ottimo meteorologo. La aggiornava sul tempo e non sbagliava mai. "Non fidarti delle previsioni per domani" soleva dire quando, a parer suo, il giornale non ci azzeccava. In due frasi le dava le previsioni per i prossimi due giorni. Se le previsioni meteorologiche sul giornale locale Marea erano corrette, a parer suo, allora taceva. Saluto frettoloso e via. Forse era arrabbiato perché non poteva beffarsi delle previsioni errate. Comprava il pane sempre da Alessandro e a volte faceva un po' di spesa nel piccolo supermarket in centro. Adorava la calma e serena routine che si era creata. Ormai *era una di loro*. Si sentiva una paesana, con ancora qualche rimasuglio cittadino. Abbandonato lo stress cittadino, era tranquilla e serena come non mai. Max la guardò con i suoi begli occhi nocciola e appoggiò il musetto sulle sue ginocchia. Le stava chiedendo ancora un po' di cibo.

Inspirò. Le piaceva l'aria fresca del mattino che sapeva di mare, di salsedine e di sole. Come poteva spiegare alla sua amica Renata, che abitava da una vita in città, quant'era bello vivere lì, nel suo paradiso terrestre! Era un'impresa impossibile. Lei difendeva la sua grande città con ogni argomentazione possibile.

"Come puoi viverci in quel paese? Non ci sono locali in cui uscire di sera, nemmeno una palestra. Tu sei pazza!".

Invece Susanna stava benissimo senza i locali e la palestra e si godeva le passeggiate in riva al mare. In città si sentiva sempre a disagio: le sembrava che tutti osservavano dall'alto in basso per criticare, commentare, giudicare. Come se non avessero nulla di meglio da fare. La gente del posto le piaceva. Passava ore con la nuova amica Maria che le raccontava la sua vita nelle saline, la storia del marito defunto, del loro amore, della fame, della guerra. Maria. Che donna! Non era da molto che si conoscevano, ma le sembrava un'eternità. Credeva che ci sia una specie di alchimia nei rapporti interpersonali. È come se una corrente elettrica oltrepassasse tutto il corpo per avvisarti di un evento. E poi bastava uno sguardo per capirsi! *La differenza d'età non conta*

in un rapporto simile." pensava. Tra loro c'era mezzo secolo di differenza ma erano come due amiche adolescenti.
Che fortuna averla conosciuta!
"Ah, i ricordi!" sospirò.

Diede un panino a Max che la ringraziò con lo sguardo. Fu proprio lui che in quel lontano giorno autunnale, freddo e triste, le fece capire che Maria era una donna da scoprire. È vero, i cani hanno fiuto per certe cose.
Durante la loro uscita pomeridiana vide qualcosa in giardino, forse un'ombra, e si avventò verso il cancello iniziando ad abbaiare. Susanna tirava il guinzaglio ma lui non ne voleva sapere di allontanarsi. Questo suo strano comportamento la sorprese a tal punto che non sapeva come calmarlo. Quando riuscì a zittirlo, voleva scusarsi con la persona dall'altra parte, ma lei sparì come un fantasma dietro al tronco del vecchio ulivo e Susanna intese che non gradiva estranei in giro. Invece Max aveva intuito qualcos'altro e voleva mostrarglielo a tutti i costi.
Ogni volta che passavano vicino al cancello, abbaiava e non voleva andarsene. Susanna pensava che all'interno vi fosse qualche gatto, così sbirciò. Tendenzialmente timida e riservata, non amava curiosare nei fatti altrui, ma qualcosa, come una strana energia, l'attraeva. Non vide nulla. Oltre all'ulivo, nel giardino c'erano un ciliegio, due cipressi e tanti arbusti verdi. Da dietro il cipresso sbucò una piccola figura, una signora minuta dai capelli argentei coperti da un fazzoletto nero slavato, ormai quasi grigio. Si aggirava a testa bassa per il suo giardino, assai trascurato, in ciabatte. Trascinava i piedi goffamente ed era coperta da una lunga vestaglia color caffè a fiori gialli, decisamente troppo vivaci.
"Signora, mi scusi! Il mio cane abbaia a ogni nostro passaggio. Lo scusi. Forse ha visto qualche gatto." La signora si avvicinò piano.
"Lo so che non è cattivo" sussurrò.
"Piacere, Susanna" si affrettò con le presentazioni. "Sono nuova del posto. Ho affittato la casetta di Luisa Morgan. La conosce?"
Annuì.

"Maria" disse con un soffio di voce e fece un cenno di saluto.
Susanna notò i suoi piccoli occhi castani, scintillanti nella nebbia mattutina. Le sembrò una volpe scesa dal bosco intenta ad avvicinarsi al pollaio. In quell'istante si percepivano nell'aria delle strane vibrazioni che le hanno ricordato lo sbocciare dei tulipani in primavera: la vita. Sorrise e fu ricambiata. Poi si dissolse nella nebbia. Da quel momento sapeva della sua esistenza e il mattino, andando a lavorare in macchina, sbirciava nel giardino per incontrare quegli occhi. Era curiosa di sapere chi fosse e cosa stesse facendo.

La sera di S. Stefano, mentre sorseggiava la sua tazza di tè verde alla Trattoria Vittorio, le giunse alle orecchie una strana storia.
Il giorno di Natale Maria non era salita in macchina con la figlia, il genero e i due nipoti per andare a pranzo non si sa dove. Lei era rimasta a casa da sola. La cuoca, donna particolarmente curiosa, guardando dalla finestra e contando le persone in macchina, aveva notato la sua assenza. Preoccupata per la signora, "È una donna anziana", disse sibilando tra i denti, si recò a verificare il suo stato di salute.
Seduta accanto al fuoco scoppiettante, Maria piangeva. Sola.
"Se ne sono andati tutti e non mi volevano con loro" disse rivolgendosi ad Anna.
"Ma le hanno lasciato il pranzo, nonna?" chiese la cuoca senza indugio.
"No. Guardi lei stessa nelle credenze. Non c'è niente perché, secondo loro, mangio troppo, spreco il cibo. Mi nascondono tutto."
Anna non ci pensò due volte: ritornò alla trattoria, tagliò un po' di prosciutto e del formaggio, prese una porzione d'insalata di polipo, un po' di pane fresco e del vino rosso, pagò di tasca sua e le portò tutto, di corsa, furiosa per il comportamento ignobile della figlia verso la povera donna. "Che cattiva! Trattare così la sua anziana madre! Mi fa schifo!" commentava mentre preparava il cibo. Le fece compagnia mentre mangiava con le lacrime che le

scendevano lungo le guance. "Ma cosa ho fatto di male per meritarmi un Natale così."

La cameriera raccontò agli ospiti presenti che poche sere prima era entrata nella trattoria perché le vendessero un litro di latte, ponendo l'accento sul fatto che comprare il latte in un bar costa molto di più che acquistarlo in un supermercato o in una latteria.

Susanna si stupì ad ascoltare quella storia assurda che la fece rimanere senza fiato, colma di rabbia nei confronti della famiglia che mangiava in salotto, scherzava e rideva, mentre Maria doveva stare in cucina. Provava un odio profondo nei confronti del genero che la definiva *una sporca vecchia*, della figlia che le proibiva di rimproverare i nipoti perché non ne aveva il diritto. In un primo istante pensò a delle chiacchiere di paese, ma poi si ricordò degli occhi scintillanti in quella mattina in giardino: occhi colmi di vita, timidi, vogliosi di sfuggire agli sguardi indiscreti.

Non riusciva a togliersi dalla testa quella minuta signora dagli occhi vivaci. Appena tornata a casa, dopo le feste del primo dell'anno, preparò una borsa di dolci, di frutta e del vino rosso. Le avevano sempre detto di non intromettersi negli affari altrui, ma lei era cocciuta come un mulo; così portò il pacchetto con sé la mattina dopo. Si accertò che non ci fosse più nessuno a casa e aspettò. Lascò Max abbaiare, certa che Maria sarebbe comparsa prima o poi. Un freddo pungente entrava nelle narici mentre saltellava da un piede all'altro per scaldarsi.

Maria comparve più piccola che mai.

"Tanti auguri di un Felice Anno Nuovo! Tutto il bene, signora Maria!" le disse tentando di nascondere il tremore della voce.

"Questo è un piccolo pensiero." Aprì il cancello che scricchiolò.

"Grazie." Rispose. Poi si asciugò una lacrima scesa con il grembiule.

"Maria, passi da me per un tè con i biscotti, qualche volta."

Lei mi guardò incerta. Poi sorrise. Era un sorriso aperto, bellissimo.

"Mi fa piacere che lei m'inviti, ma io non so se posso." disse abbassando lo sguardo.

“Certo. Capisco.” Non voleva essere troppo invadente. “Sappia
che ogni martedì e giovedì torno a casa verso le diciassette. Se lei
ha piacere, sarei felice della sua visita.”
Un martedì di fine gennaio si presentò. Indossava un cappotto nero
che odorava di naftalina sotto il quale sbucava una gonna beige
con dei piccoli fiori arancioni, lunga fino ai polpacci. Max le fece
le feste e lei lo grattò affettuosamente dietro le orecchie come
piaceva a lui. Sembrava che si conoscessero da anni.
Susanna capì che il martedì la *sua famiglia* rientrava verso sera. E
il martedì divenne il loro giorno. Maria parlava poco della figlia e
del genero. Ai nipoti voleva molto bene. Li descriveva come due
birbanti cresciuti troppo in fretta.
“Fai bene a goderti la tua gioventù, Susanna. E soprattutto a non
farti mettere i piedi in testa! Mi raccomando, ogni volta che non
saprai quale decisione prendere, ricordati dei tuoi odierni *anni di
Cristo* e di come stavi bene, libera e serena, come una rondine in
piena estate! Non diventare come me, vecchia e inutile, senza la
forza di ribellarmi e farmi valere” le disse un giorno, con sguardo
cupo. Non sapeva cosa fosse successo a casa sua, ma quel giorno
venne da lei triste e affranta.
“Maria, per me sei come una nonna ed io ti voglio bene! Sai che
entrambe le mie nonne sono morte quando era piccolissima e non
me le ricordo più” mi affrettai a risponderle.
“A volte sono i parenti più stretti che fanno più male.” affermò
con un filo di voce mentre una lacrima le bagnò il viso. Bevve il
suo tè andandosene in fretta.
Fu l’unica volta in cui si lasciò andare. Non ritornò mai più
sull’argomento.

Era martedì. “Passi da me questo pomeriggio verso le diciassette?”
le chiese quella mattina tornando dal panettiere. Le porse un
sacchetto con una brioche alla marmellata appena sfornata
attraverso il cancello azzurro, ormai corroso dalla ruggine.

Prese il sacchetto con delicatezza sfiorandole il dorso della mano. Poi le dedicò una strizzatina d'occhio. Susanna adorava i suoi occhietti furbi e gioiosi.

"Ho intenzione di fare una passeggiata proprio da quella parte oggi." rispose sorridendo.

"Bene. Allora ci vediamo. Max sarà felicissimo della visita!"

"Alchimia della vera amicizia." pensava Susanna mentre si allontanava. Non poteva abbattere barriere invisibili e non ne aveva intenzione. Il rapporto d'amicizia con Maria era particolarmente gratificante, insolito e allo stesso tempo genuino, d'altri tempi. Quest'amicizia le faceva bene, le dava un'insolita energia: il mondo le appariva sotto un'altra prospettiva, finora sconosciuta, che l'attraeva. Sentiva di essere diversa e le sembrava che anche la sua amica fosse cambiata, aveva acquistato maggior confidenza e quando se ne tornava a casa, le lasciava sempre qualche frase che la faceva riflettere. Le sue osservazioni, a volte pronunciate come per puro caso, erano sottili, intelligenti, curiose.

"Ad Alessandro piace passeggiare lungo la spiaggia." Le aveva detto il martedì scorso. La frase non c'entrava nulla con il loro discorso sui fiori e la cura delle piante da giardino. Solamente in seguito Susanna aveva sorriso a quella frase, avendo capito a cosa mirava Maria.

"E se provassi a chiedere ad Alessandro di accompagnarmi qualche volta..." fantasticava Susanna. E mentre lo pensava, arrossiva e sorrideva.

Più che musica

Musica. Le piaceva la parola, il suono. Adorava pronunciarla e ripeterla come un mantra per calmarsi nei momenti in cui le sembrava di impazzire. Un giorno come un altro, dopo scuola, per puro caso aveva scoperto di amarla con tutta se stessa.

Sofia non amava particolarmente la musica classica. Nell'ascoltarla provava solo indifferenza. Quel giorno, però, le venne voglia di ascoltare Mozart.
Il Requiem per l'esattezza, quello presentato dall'insegnante a scuola.
Lei, sola nella sua stanza, e Mozart, il genio. Durante l'ora di educazione musicale si era meravigliata di quanto, e come, il grande maestro fosse riuscito a comporre. Aveva il potere di trasformare semplici combinazioni di note in vere opere d'arte, musiche deliziose, fatte per solleticare l'animo di chi le ascoltava.
Il professor Noretti aveva fatto ascoltare alla classe proprio un pezzo del Requiem.
Ricordava ancora il brivido che le era passato lungo la schiena. Un'emozione così intensa che le venne quasi da piangere. Alla fine si lasciò sfuggire un'esclamazione: *"È meraviglioso!"*.
E lei era una che non parlava mai se non veniva interpellata.
Ma fu un impulso, l'incoscienza di una sprovveduta, un errore.
Le tre streghe, le sue compagne di classe, si erano messe a ridere ricomponendosi solo dopo lo sguardo minaccioso dell'insegnante, ma durante il riposo si erano avvicinate, decise a vendicarsi prendendola in giro.
"*La muta* parla, ragazzi! A Sofia piace Mozart! Oddio, che obbrobrio!"

Lei si era sentita piccola, più piccola dei suoi centocinquantadue centimetri e dei quaranta chili appena sfiorati. Continuavano a punzecchiarla come facevano sempre, non accennavano a smettere, anche se lei non reagiva e anzi cercava in tutti i modi di ignorarle. Desiderava solo scappare, rifugiarsi lontano da quel mondo cui sentiva di non appartenere. Solo la fuga poteva salvarla. Di questo era certa. Si alzò cercando di mantenere la calma, di non scoppiare a piangere, diretta in bagno per evitare quelle vipere velenose.

Si sentiva male. Non capiva qual era stato il suo errore: aveva pensato ad alta voce e loro erano lì, pronte ad attaccarla, a beffarsi di una sua frase, di un'opinione espressa.

Le tre sciocche non sapevano nemmeno cosa fosse la libertà di pensiero.

Comunque – e questo la scoraggiava molto – lei non aveva il diritto, come tutti, di parlare, di dire la sua. Era triste, si odiava perché non riusciva a reagire, a dire tutto quello che le passava per la testa in quei momenti. I pensieri la appesantivano, nello stomaco sentiva dei macigni che le toglievano il respiro. Prese la lametta dallo zaino e senza batter ciglio tirò una riga, in silenzio, con violenza appena contenuta. Finalmente la sua rabbia defluiva insieme al sangue che le sgorgava dal taglio sull'avambraccio. Provò una sensazione piacevole, liberatoria.

Uno strisciante benessere. Solo in quei momenti aveva la sensazione di essere viva.

Non voleva pensarci perché sapeva che non appena l'avesse fatto la realtà sarebbe venuta a galla, la percezione del nulla avrebbe invaso il suo piccolo pianeta.

In quel momento la campanella suonò e Sofia si tamponò la ferita con la carta igienica, coprendola con la manica del maglione nero di due taglie più grande. Il Requiem l'aveva segnata profondamente. Le venne da vomitare, e a scuola non espresse più pareri riguardo alla musica. Nemmeno riguardo alla letteratura, all'arte… Niente. Muta. Muta. Muta. Per sempre.

Le giornate si scioglievano, svanivano nel nulla. Da ghiaccio, come si sentiva spesso lei, diventavano acqua che evaporava velocemente. Non rimaneva nulla, solo un agghiacciante vuoto. Sofia andava a scuola dopo aver passato la notte a leggere tutti i libri che trovava: romanzi, raccolte di poesie, saggi. Con la sua musica sempre in sottofondo. Leggeva e scriveva. Ascoltava, ma non parlava. I suoi sensi erano molto acuti, non le sfuggiva nulla, né una parola, né un movimento… Era un gufo intento a predare. Avrebbe voluto essere un gufo. La realtà era diversa, crudele, brutale. Sofia era il topolino che si nascondeva dal gufo, era la preda. Forse nemmeno quello. Il topolino avrebbe voluto vivere, l'istinto gli urlava: "Fuggi! Vivi!". Lei invece voleva non esserci, sparire, come l'acqua che evaporava e si trasformava in nuvola, leggera e soffice. No, non sarebbe fuggita. Avrebbe voluto che la prendessero, che la cancellassero, come si fa con un calcolo errato. Si prende la gomma e lo si elimina.

Come quando il computer ti chiede se vuoi veramente svuotare il cestino, e tu clicchi "sì" e tutto svanisce. Se vuoi, puoi rifare tutto. Magari si potesse reinventare! Nascerebbe diversa.

Sceglierebbe di essere coraggiosa come Ares, bella come Afrodite, agile come Diana, intelligente come Atena… Invece non si sentiva niente. Trasparenza totale, una briciola mangiata da un usignolo, che, beato lui, almeno sapeva "cantare"!

L'insonnia la stava divorando. Era diventata ancora più piccola, più fragile, un'esile creatura che un leggero soffio di vento avrebbe distrutto, mandandola in mille pezzi come un vaso di cristallo. Ma non le dispiaceva. "Forse così sparisco prima" pensava. O meglio, lo sperava.

La musica le piaceva, la tranquillizzava. Aveva scoperto i vinili che la mamma conservava in una cassa in cantina e aveva iniziato ad ascoltarli. Non era solo musica classica, ma anche musica italiana degli anni Sessanta e Settanta. Erano dischi piacevoli: Mina, Patty Pravo, Adriano Celentano, Bobby Solo e tanti altri.

"Mamma, quando hai comprato tutti questi dischi?" le aveva chiesto una domenica mentre mangiavano il dolce.
"Non sono miei... Erano della nonna."
Era la prima volta che ne parlavano. La prima volta che la madre nominava la nonna dopo il funerale. Il silenzio avvolse la stanza come carta vetrata.
Sofia sentì il disagio della mamma e lei il suo.
"Non sapevo che la nonna ascoltasse questa musica. L'ho sempre sentita cantare le canzoncine in dialetto istriano..."
"Scusami, Sofia, devo fare una telefonata."
E anche quell'occasione svanì, dissolvendosi in un attimo. La mamma non ne voleva parlare.
Forse soffriva troppo, ma non lo diceva, e Sofia continuava a non a capire, a sentirsi inadeguata, una figlia incapace di comprendere la propria mamma. La mamma non voleva esprimere i suoi sentimenti, non l'abbracciava, non la consolava. Non c'era mai, fagocitata dai problemi d'ufficio, dai colleghi, dallo stipendio che tardava ad arrivare. Erano due ombre che si aggiravano per casa e che quando si trovavano nello stesso luogo cercavano di evitarsi. Che tristezza!

"Ciao!" le disse quel giorno, sedendosi accanto a lei durante la ricreazione.
In mano aveva una bottiglietta d'acqua e un panino, lei invece un libro.
"Ne vuoi un po'?" le chiese, offrendole il panino.
"No, grazie" rispose Sofia, fissando le piastrelle del refettorio.
"Mangi sempre così poco, tu?"
"A volte."
Evitava il suo sguardo. Sperava che quelle risposte a monosillabi l'avrebbero allontanato.
"Sono Kevin."
Le porse la mano. Vedendo che lei non reagiva, le tolse il libro, lo appoggiò sul tavolo e le alzò il mento.

"Sai, Sofia, non so cosa ti hanno raccontato, ma noi di vita ne abbiamo solo una!"

Il timore le faceva tremare le ginocchia ma poi, incuriosita, alzò lo sguardo e i suoi occhi incontrarono quelli di lui, grigi come il mare in burrasca, eppure limpidi e sorridenti.

"Lo so" riuscì a bisbigliare, pensando a come un ragazzo così potesse conoscere il suo nome.

"Non ne sono convinto. Secondo me, non lo sai."

"Perché?" Quasi sussurrava.

Quella conversazione, nonostante il disagio che provava, le piaceva.

"Sei loquace tu, vero? E poi, con tutto questo baccano, ti si sente benissimo" ironizzò lui con un sorriso, mostrando una perfetta linea di denti bianchi.

Il suono della campanella segnò la fine della ricreazione. A Sofia dispiacque.

"Ti va se dopo le lezioni ci andiamo a prendere una coca al bar?"

"No!" rispose secca.

"Va bene. Come vuoi." Sorrideva ancora. La sua allegria era contagiosa.

Sofia passò tre ore a ripetersi quanto fosse stata stupida a rifiutare, ma poi si convinse che era semplicemente un'altra persona pronta a prenderla in giro. Non riusciva ad autoconvincersi. Cercò di razionalizzare la conversazione avuta con lui: Kevin era un ragazzo dolce e simpatico che certamente aveva qualche doppio fine; il suo obiettivo era danneggiarla. In conclusione, Kevin andava evitato in tutto e per tutto. Era cosciente di crearsi continui meccanismi di difesa, ma solo così poteva salvare il proprio "Io"… lo diceva anche Freud, no? Solo così manteneva la propria integrità.

Alla fine delle lezioni lui l'attendeva all'uscita. Le venne incontro e lei girò la testa nella direzione opposta per evitarlo. Lui non si arrese. Le camminò affianco parlando del professore di chimica e dell'ora di matematica, del tempo e del concerto che sarebbe andato a vedere.

"Sei un'interlocutrice perfetta! Rispetti i miei spazi. Non m'interrompi mai…"

Sofia sorrise.

"Oh! Non ci posso credere! Ridi pure? Gente, udite udite, Sofia ride! Sai che hai un bel sorriso?"

"Non è vero!"

"Tre parole! Un record!"

Kevin era alto e aveva un fisico da sportivo. Le aveva raccontato che giocava a basket e andava a correre ogni mattina prima di venire a scuola. Si fermò e la prese per un braccio.

"Anch'io stavo male, molto male. Pensavo che non sarei riuscito a vivere la mia vita."

Sofia fece cenno di no con la testa. Non voleva parlare di cose brutte, non voleva sentire la tristezza. Voleva ascoltare i suoi discorsi allegri e spiritosi.

"Quando mia madre ha avuto l'incidente e dopo due mesi di coma è morta, papà non è riuscito a superare il dolore. Anche lui non c'è più. Pensavo che la mia strada fosse quella presa da lui per raggiungere la mamma. Questi discorsi ti sembreranno strani, ma…"

Sofia lo fissava con i grandi occhi azzurri che spiccavano sul viso minuto, stupefatta. Non riusciva a capire. Che razza di discorso era quello? Non si conoscevano neppure, e lui le parlava di cose intime, della sua famiglia, del suo dolore, usando parole semplici e chiare, denudando i propri sentimenti. Per un attimo invidiò la sua serenità, il suo modo di essere. Poi, però, un tarlo la face indietreggiare. Forse voleva che lei facesse la stessa cosa, ma lei non aveva alcuna voglia di parlare di se stessa, per poi finire presa in giro come accadeva puntualmente.

"Ti vedo. So cosa fai… Lo facevo anch'io. So perché indossi quei maglioni, so come ti senti, anche se non so il perché. Non conosco il tuo motivo."

"Devo andare" gli disse, e iniziò a correre. Scappò come un topo che fugge dal gatto.

In Kevin c'era qualcosa che la spaventava e che al tempo stesso l'attraeva.

Nel suo profondo aveva voglia di reagire, spiegare le sue motivazioni, raccontarsi, ma non ne aveva il coraggio. Sì, era un topolino, ma quel topolino oggi non voleva svanire nel nulla. Al contrario, oggi aveva la sensazione di voler scappare perché c'era un motivo per farlo, anche se non sapeva esattamente quale.

Kevin la veniva a cercare ogni giorno durante la ricreazione e l'aspettava all'uscita di scuola. Parlavano. Si raccontavano. All'inizio i discorsi erano poco impegnativi. Toccavano temi generici. In seguito lei iniziò ad aver fiducia in lui. Le raccontò di come aveva superato il suo dolore, di com'era riuscito a reagire accettando la morte dei suoi genitori. Indietro non poteva tornare. Poteva continuare a vivere e cercare di migliorarsi di giorno in giorno. Le disse che inizialmente aveva creduto di essere lui la causa della loro morte, solo più tardi aveva capito che non c'entrava, che era successo e basta e bisognava farsene una ragione.

Lui gli parlò un po' di sé, dei libri che leggeva, della musica che ascoltava, dei dischi in vinile che aveva trovato, del papà che aveva abbandonato la mamma e della mamma che si era rintanata nel lavoro. Di lei si occupava nonna Mira, una donna con la "D" maiuscola: sincera, modesta, tranquilla, serena. Lei si prendeva cura della nipote fino a quando, all'improvviso, quella bastarda della morte non se l'era portata via.

Da quel momento Sofia aveva iniziato a sentirsi in colpa per l'infarto della nonna. Prima dell'infarto avevano litigato per una stupidaggine, e lei era convinta che fosse stato proprio quel litigio, nato dal suo rifiuto di rimettere a posto la stanza, ad averle provocato la morte.

E poi non era riuscita nemmeno a chiederle scusa, cosa che faceva sempre.

Non era mai successo che andassero a letto imbronciate, arrabbiate per qualcosa che era successo durante la giornata. Chiarivano sempre, si chiedevano scusa. Sofia sapeva di aver sbagliato, e non aver fatto pace prima del malore della nonna la faceva sentire molto male.

"Devi reagire, Sofia! Non puoi continuare a torturarti così. Tu e la tua mamma dovete ritrovarvi, parlare, chiarirvi. Non potete essere ognuna un mondo a parte, perché tutto ciò che avete siete voi stesse. Siete una famiglia, dovete vivere serenamente."

"Parli come un saggio che osserva la vita altrui dall'esterno. È facile dare consigli, così! In realtà non è per niente semplice. Mamma non c'è mai. Non vuole vedermi. Pensa che sia stata io a uccidere la nonna. Ma io non volevo… io non sapevo che una cosa simile potesse accadere! Lei non mi sopporta perché ho fatto in modo che sua mamma morisse. Vuoi che sia sincera? Sono convinta di averla uccisa."

Le lacrime iniziarono a sgorgare come ruscelletti di montagna in primavera. Stava male, troppo male. Ormai non poteva farci nulla. Voleva non esserci.

Sarebbe stata l'unica giusta via d'uscita.

"No. Tu non hai colpe. Lei non ha colpe. È stato un caso. Poteva succedere qualche istante prima, o il giorno seguente. Se ti vedesse in queste condizioni, tua nonna ne soffrirebbe. Io lo so che sei una persona stupenda… sei speciale, Sofia! Dillo anche a tua madre quello che pensi. Fallo per tua nonna, che sono convinto ti ha amata più di ogni cosa al mondo e non ti avrebbe mai attribuito le colpe che ti stai dando tu."

Kevin aveva ragione.

La musica riempiva ogni angolo del soggiorno. Celentano rock.
La mamma stava rientrando e avrebbe dovuto ascoltarla. Avrebbero parlato, sì… per salvarsi, per salvarla. Aveva fiducia.
La vita è musica. L'amore è musica.

Il club delle non mamme

Riemergere

La sveglia sul comodino si fece sentire con il suo *bip-bip,* sempre più penetrante. Erano esattamente le 6.30 di un lunedì primaverile. Dafne la spense, allungò la mano destra sfiorando il corpo di suo marito sotto le coperte. Lo scosse un po'. Lui non si mosse.
"Laerte, oggi tocca a te fare il caffè." disse con voce roca.
"Mhmmm" ebbe come risposta.
"Ho capito. Me ne occupo io." Stava per alzarsi, ma lui con un abile gesto la fermò afferrandola per la mano.
"Aspetta ancora un po', ti prego."
"Il mondo non aspetta." Sorrise lei e si alzò lasciando il marito a godersi gli ultimi istanti della notte.
Mentre andava in bagno, si fermò a guardare dalla finestra. Il cielo era sereno, pulito, senza nuvole. Il sole stava facendo capolino da dietro il monte su cui guardava la finestra. Bianca, la sua gatta, stava giocando in giardino: rincorreva qualcosa, probabilmente una cavalletta. Non appena avesse sentito il movimento in casa, sarebbe corsa alla porta d'entrata reclamando la colazione con un miagolio che al mattino non si poteva ascoltare. Un breve filmato passò nella mente di Dafne: si ricordò il giorno in cui portando il sacco di carta nell'apposito cassonetto, sentì un debole miagolio che proveniva dall'interno. Chiamò un paio di volte: "Micio, micio" e lei uscì timidamente dal suo nascondiglio, arrampicandosi e graffiando i sacchi colmi di carta da macero. Un piccolo, esile batuffolo bianco, impaurito e abbandonato. Dafne non poté ignorarla, la prese e la portò a casa. Laerte non dimostrò alcuna soddisfazione per il nuovo membro della famiglia. Disse che tenere un animale in casa

significava avere un impegno in più: non potevi partire per qualche giorno all'improvviso perché dovevi pensare a chi lasciarlo, a dargli da magiare. Mentre lui motivava il suo dissenso, Bianca gli si avvicinò miagolando e appoggiò la sua piccola testolina sulla sua caviglia, iniziò a fare le fusa, e lui si arrese. "Va bene, ho capito. Le femmine vincono sempre e anche ora avete vinto. Non chiedere troppo, capito? Come si chiama?"

"Non so. Non ci ho ancora pensato."

"Beh, è tutta bianca, mi sembra ovvio chiamarla Bianca. Che ne dici?" Dafne annuì e schioccò un grande bacio sulla guancia del marito. "Però non la voglio in casa. Fuori c'è il giardino, può stare in veranda. Non voglio la casa invasa da peli. D'accordo?"

"Va bene." rispose Dafne non convinta, ma non poteva chiedergli altro quel giorno. Sapeva che Laerte non voleva animali in casa, e contraddirlo in quel momento voleva dire *riportarla dove l'aveva trovata* e lei questo non lo voleva.

Il caffè stava salendo. Il profumo, l'aroma così intenso avrebbe svegliato quel dormiglione di suo marito. Apparecchiò il tavolo per la colazione: pane, burro e marmellata. Per lei i biscotti integrali… Le lacrime iniziarono a scendere, non le poteva controllare. Prese una salviettina e le asciugò ma loro continuavano a scorrere, come torrenti in piena. *"È possibile che ogni volta che preparo la colazione scatti questo stupido meccanismo del ricordo?"* Era un incubo che si ripeteva. Quando preparava la colazione, all'improvviso, la scena di un mese fa le tornava in mente e non poteva soffocare il dolore: un crampo, un forte spasmo al basso ventre, il sangue che le scendeva lungo le cosce e la consapevolezza che tutto fosse finito. Si disse che si trattava di un evento postraumatico che doveva superare. Cercava di cambiare l'ordine degli alimenti da mettere in tavola, ma c'era qualcos'altro, qualcosa che lei non riusciva ancora a realizzare. Ci sarebbe voluto del tempo, molto tempo. Questa era l'unica certezza.

Laerte entrò in cucina silenzioso. La abbracciò forte. "Ogni tua lacrima mi pugnala dritto al cuore. Non so come aiutarti a non soffrire più. Amore, l'abbiamo perso, è successo. Non si può tornare indietro. E comunque nessuno avrebbe potuto fare niente."

"Lo so. Capisco e so che devo reagire, ma il dolore è troppo forte. Oggi sarei al quarto mese, penserei al futuro, alla cameretta, al fasciatoio, a tutte le cose carine da comprare. E invece sono qui ad autocommiserarmi."

"Forse dovevi rimanere ancora a casa per un po'. Forse dovevi aspettare con il lavoro."

"No, io devo distrarmi per non impazzire!"

"Va bene, amore." Laerte aveva paura per la moglie, la bella *Regina delle guerre*, come la chiamava lui quando discutevano e lei non si voleva dare per vinta, anche quando non aveva ragione. Irragionevole e impulsiva. Poi, riflettendo si rendeva conto dell'errore e voleva rimediare; gli si avvicinava come una gatta e gli faceva le coccole: "Scusa. È per lo stress della giornata." Questa era la sua giustificazione preferita. Laerte rideva e la stringeva tra le sue braccia forti. Dafne era una creatura esile dal carattere forte. Aveva un viso d'angelo. La pelle chiara e lentigginosa, due occhi azzurri come il cielo dopo il temporale estivo che cambiavano d'intensità con il cambiare del suo umore, labbra rosse e carnose che lui amava tanto mordicchiare e i capelli a caschetto, neri e lisci. Era una donna speciale che non si arrendeva davanti agli ostacoli. Era certo che sarebbe riuscita a superare questo periodo, ma lo preoccupava questo stato d'inerzia, di disperazione della moglie. Si ricordò di sua madre che era depressa: la vedeva soffrire e, nonostante tutti gli aiuti, sia psicologici sia farmacologici, non notava che qualche sporadico miglioramento. Non voleva che questo accadesse alla moglie. Era felice che lei tornasse a lavorare, ma forse il suo lavoro l'avrebbe ferita maggiormente poiché faceva l'educatrice in una scuola materna. Con tutti quei bambini intorno. Forse invece le avrebbe fatto bene.

Mentre si vestiva, cercando di nascondere i chili che aveva preso in questi mesi, Dafne si guardò allo specchio e disse: "Riemergerò. Camminerò con i miei piedi. Sconfiggerò questa tristezza che non vuole abbandonarmi, la disperazione di una madre mancata, il dolore della perdita. L'aria è viziata, pesante e avvelenata. Bisogna cambiare, reagire, girare pagina. Devo solo capire cosa fare esattamente." Si truccò in fretta, prese il grembiule da lavoro, diede un bacio sulla fronte a Laerte che si stava radendo e volò incontro alla sua nuova giornata, pronta ad affrontare ogni sfida che le si presentasse.

Contro natura

Le giornate scorrevano piano, ultimamente. Martina cercava di accorciarle dedicandosi alla cucina, alla lettura di riviste di moda, di quotidiani e alla televisione. Il tempo non passava mai. Questa volta, era ormai la terza, non era triste, anzi, era piena di speranza. Fino ad oggi. *"Perché insisto con la temperatura basale se tutti dicono che il progesterone la aumenta?"* si chiedeva verificando per la seconda volta il numero sul termometro digitale che, ahimè, stamane indicava un misero 36.9 °C, dopo una settimana di risultati che andavano da 37.0 a 37.2 °C.

Non era la prima volta che ci cascava. Cercava sempre qualche minimo indizio che le desse la forza di sorridere, che le facesse sperare nel successo del processo. Era la terza volta e, l'aveva giurato a se stessa, l'ultima volta che si sottoponeva alla fecondazione in vitro e oggi era il dodicesimo giorno dopo il transfer di due blastocisti. Il ginecologo aveva detto che erano delle "bellissime blastocisti". Lui era contento del risultato, sorrideva. E pensare che aveva prodotto ben quattordici ovociti di cui dieci si erano fecondati, ma solo due erano arrivati alla quinta giornata, pronti per il transfer.

Martina aveva sperato di sentirsi bene dopo il prelievo degli ovociti, di poter tranquillamente lavorare e vivere normalmente. Continuava a rivedersi sul tavolo coperto da panni verdi sterilizzati, la terza volta che pativa in silenzio, tenendo gli occhi spalancati, intenti fissare lo schermo su cui comparivano quei "pallini", i follicoli. Il ginecologo, con l'apposito ago montato sulla sonda ecografica, che entrava per via transvaginale, raggiungeva le ovaie "pungendole" e poi aspirava il contenuto dei follicoli. In seguito consegnava all'embriologo le provette con liquido aspirato insieme ai follicoli, che aveva il compito di selezionare gli ovociti in esse contenuti. Ogni volta che il ginecologo "pungeva" l'ovaia e aspirava, lei sperava fosse l'ultima volta. Interminabile. Presto, così le parve, finì e andò a casa serena. Si sentiva tranquilla. Sapeva che l'iperstimulazione le avrebbe creato non pochi problemi e dolori, ma si consolava sapendo che questa era davvero l'ultima volta che lo faceva.

L'aveva promesso e le promesse vanno mantenute.

In molti le chiedevano perché continuava a torturarsi così? In fin dei conti aveva un marito che le dava tanto amore e un figlio lo poteva anche adottare. Però lei sognava un bambino tutto suo che non poteva avere perché non era fertile. Le donne della sua famiglia erano fertili. Lei no e questo non riusciva ad accettarlo.

Sin da piccola sognava una casa e una famiglia numerosa. Ora si trovava con una casa, uno stupendo marito e due gatte. Non passava sera in cui pregava Dio di darle la possibilità di avere un figlio. Quand'era giovane desiderava una figlia. Spesso fantasticava e la immaginava in ogni particolare. "Si chiamerà Elisa." spiegava a Giacomo, suo marito, "Sarà mora con gli occhi scuri e la carnagione olivastra. Vedrai come sarà allegra e vivace, forse anche un po' testarda e permalosa, ma anche ragionevole, matura, chiacchierona, e coltiverà molte passioni: le piacerà ballare, cantare, suonare il pianoforte e recitare in un gruppo filodrammatico. Probabilmente sarà un po' "viziatella"…" Poi schioccava un bacio al marito e lui sorrideva.

"Naturalmente, amore mio, tu cercherai di evitarlo e, quando esagererà' la metterai in punizione, vero?" le chiedeva.

"Finché Elisa sarà figlia unica sarà difficile domarla. Sai com'è: la maggior parte dei figli unici spesso ottiene quello che vuole, con poco sforzo. Ecco, questo è uno dei motivi per cui, non ci arrenderemo al primo figlio ma ci organizzeremo per poterle dare

un fratellino o una sorellina, un compagno di giochi con cui dover dividere tutto, dagli oggetti agli spazi, dalle persone all'affetto. Che ne pensi?" Giacomo rideva di cuore. "La sai lunga tu!" diceva.
Da qualche anno non le importava del sesso del bambino. Maschio o femmina era indifferente, l'importante era poter cullare la sua creatura e darle tutto l'amore e la serenità che avesse chiesto.

Mancavano due giorni al test delle urine. Il ginecologo si era raccomandato di non farle prima, di aspettare fino all'ultimo perché solo così si poteva essere sicuri. Martina aveva letto su vari siti web e molti forum che le donne lo facevano prima. Anche lei aveva fatto così in passato per poi provare una delusione incolmabile, un vuoto che doveva poi riempire con la speranza che alla fine ci sarebbe riuscita. Non poteva arrendersi di fronte ad un ostacolo superabile; sarebbe riuscita a farcela.
Oggi però la temperatura basale l'aveva fatta arrabbiare. Forse non voleva dire molto, ma per lei era importante. Il suo corpo non le dava dei buoni segnali. L'iperstimolazione questa volta non era stata grave, anzi! Respirava bene. Si sentiva affaticata e distratta, ma, non aveva altri segni fuorché la pancia gonfia, che non aveva raggiunto le dimensioni delle prime due volte, quando sembrava essere incinta al settimo mese. Ecco cosa le rimaneva: una pancia non troppo grande e una vana speranza che il test delle urine indicasse lo stato "incinta".
Ma doveva reagire! S'impose di fare qualcosa per lei e per suo marito se il test fosse stato negativo. Si consolava con il ricordo dell'ultimo trattamento in cui il ciclo le era venuto al dodicesimo giorno dopo il transfer, ma la certezza che tutto fosse andato male ce l'aveva dal nono giorno. Ci aveva sperato fino all'ultimo istante. Si convinceva che l'emorragia fosse il segnale che un embrione l'avesse lasciata, ma al quattordicesimo giorno ne ebbe la sicurezza: tutto era finito.
Oggi era troppo arrabbiata. Doveva sfogarsi, reagire.
"Cosa farò?" si chiedeva. Non è poco alzarsi al mattino presto, percorrere la strada lungo il mare all'alba per andare a Lubiana, per

innumerevoli volte. Colloqui, ecografie, prelievi, transfer... No, basta! Ma cosa farò ora?"

Mancavano pochi giorni al compleanno di Giacomo, esattamente cinque. Non gli aveva comprato ancora il regalo. Stava vivendo questo periodo concentrata al protocollo del processo di fecondazione assistita. Dal primo giorno delle mestruazioni era intenta ad osservare ogni cambiamento del suo corpo. E a sperare. Tutto le sembrava falso, innaturale.

E ora? Se solo avesse avuto il coraggio di fare il test... Ce l'aveva nell'armadietto del bagno. Attendeva il giorno G.

Che cosa avrebbe fatto se il risultato fosse stato negativo? Avrebbe avuto il tempo per prepararsi a dopodomani. Avrebbe avuto il tempo di riorganizzare la sua vita. Tante cose sarebbero cambiate. Un prossimo tentativo era cestinato. Basta con le iniezioni di ormoni, con i prelievi di follicoli, con l'ansia della fecondazione in vitro, con la lunga attesa del *"è riuscita o non è riuscita"*! Sacrifici. E i chilometri? Non è poco alzarsi al mattino presto, percorrere la strada lungo il mare all'alba per andare nella capitale, per innumerevoli volte. Basta con i colloqui, le ecografie, i prelievi, i transfer... No, basta! Cosa farò ora? Basta con questo malessere generale!

Aveva trentasei anni compiuti e un marito che adorava. Non le bastava? Gli uomini! Questo era un altro punto su cui si poteva scrivere un romanzo. Giacomo, suo marito, un piccolo imprenditore, sempre concentrato sul lavoro, poco portato ad esprimere i sentimenti. Questo non voleva dire che non li provava. No! Li provava eccome! Non li sapeva esternare, aprirsi. Dunque, più i sentimenti lo pressavano, più lui lavorava. Martina l'aveva capito, lo conosceva da anni e lo aveva accettato così.

"Incinta o non incinta, devo reagire! Ho superato tante crisi, tante delusioni, supererò anche questa. Ho tante cose da fare." Sorrise pensando agli obiettivi futuri che aveva.

Due giorni dopo il risultato del test era negativo. "Lo sapevo. Lo sentivo. Ma non mi arrendo." Si preparò in fretta – si vestì si truccò

- per uscire di corsa, il più veloce possibile, da casa con la scusa di dover andare a fare acquisti. In realtà voleva allontanarsi da quel luogo che l'aveva tenuta imprigionata le ultime settimane e in cui si nutriva di false speranze, chiusa fra quattro mura a fantasticare sulla vita di famiglia che avrebbe avuto.
Si sentiva male, aveva la nausea e un'emicrania che le stava bombardando il cervello e non le permetteva di riflettere.
"Non l'avrete vinta! Non mi rintanerò a piangere e a disperarmi sotto le coperte. Bene, ora posso andare a comprare il regalo per mio marito!"
Si chiese come glielo avrebbe detto, come gli avrebbe raccontato della nuova sconfitta. "Questa volta sarà diverso. Io sarò diversa." Si guardò allo specchio. Aveva gli occhi lucidi. "Ho fiducia nel futuro, in me, in noi…" Uscì di fretta, verificò nella borsetta se ci fossero le chiavi della macchina. "Stasera, Giacomo, troverai una bella sorpresa: vado a riservare una crociera, non importa dove andremo, l'importante è che ci andremo insieme. Ne abbiamo bisogno." Sorrise, diretta nell'agenzia di viaggi.

L'abbandono

"Perché mi fissi così? Sto solo stirando. È vero, odio stirare, è il lavoro domestico che rimando sempre, ma qualcuno lo deve pur fare. E poi tra due giorni parto e non posso certo lasciare la casa in disordine! Sì, solitamente non mi curo di questo particolare, butto le cose in valigia e parto. Oggi invece sento che devo riordinare tutto e inizio con lo stirare. Piego e stiro gli asciugamani, le mutande e anche gli stracci con cui pulisco i vetri. Tutto. E non guardarmi così perché non sono pazza."
A volte Eva si confidava con il suo gatto che, anche se ogni tanto protestava miagolando, l'ascoltava disteso sulla sua poltrona su cui era appoggiato un bel cuscino giallo con il suo nome ricamato. Nessuno deve osare sedersi o solamente avvicinarsi alla sua

proprietà se non vuole ritrovarsi con le unghie di un feroce felino, a prima vista docile e affettuoso, conficcate nella pelle. Dove non importa, la zona del corpo è indifferente: il gatto non ha preferenze. A volte, ne era certa, faceva solo finta di ascoltare perché non voleva che lei si arrabbiasse. In fondo, in una coppia ci si rispetta, ci si ascolta, ci si esprime. Vero? Quando s'irritava, c'era la possibilità che lui ricevesse una cuscinata in testa e lui odiava che qualcuno lo costringesse a spostarsi, a reagire in qualche modo.

"Sai, mi ha scritto Paolo. Una mail, per precisare. Ecco, io l'ho letta, ma ho avuto l'impressione che non fosse indirizzata a me. E se si fosse sbagliato? Forse la voleva mandare a un'altra." continuava a parlare Eva, smettendo per un attimo di stirare. Quando decideva di stirare, poneva l'asse da stiro rivolta verso l'enorme finestra che dava sul bosco di nonno Renato, che si estendeva sulla collina di fronte a casa sua. Il nonno ci teneva al suo bosco, come pure ai suoi vigneti a Vignole. Amava passeggiare con il suo cane bastardino Romi e osservare le querce, i pini, gli abeti, i lecci, i cipressi, qualche castagno. C'erano pure tre piante di ulivo in fila, due bianchere e una storta, di cui il nonno andava particolarmente fiero. Egli raccontava che le aveva piantate suo nonno, una per ogni figlio, e lui aveva il compito di curarle. Formavano un mini uliveto in mezzo al bosco.

Nel bosco c'era anche un piccolo ruscello nelle cui vicinanze, alla fine dell'inverno, sbucavano i bucaneve, le primule e le violette. Ogni otto marzo le donne di famiglia trovavano un bel mazzetto di bucaneve sul tavolo di cucina della nonna. Naturalmente per la nonna il mazzetto era di notevoli dimensioni. Il nonno legava il mazzetto e allo spaghetto allacciava un cartoncino con il nome di ognuna. Non dimenticava nessuna: la figlia, le due nuore e le quattro nipoti.

"Non dobbiamo dimenticare le donne, le loro conquiste sociali, politiche ed economiche. E non è finita. Ancora oggi le donne sono soggette a discriminazioni e a violenze in molte parti del mondo." diceva.

"Taci taci!" rispondeva la nonna. "Ora ti metti a fare lo storico e il filosofo!" La nonna era piccola e di costituzione forte. Aveva i capelli crespi e ricci. Li portava sempre corti e li tingeva di nero.

"Mia bella Tončka," diceva ridendo il nonno, abbracciandola intorno alla vita "io sono un semplice contadino ma non mi dimentico delle mie donne e ora vi preparo anche il caffè. Dove sono le tazzine?"

"Vecchio smemorato! Sempre al solito posto. In credenza ormai da trent'anni!" faceva finta di arrabbiarsi la nonna "Vuole fare il gentiluomo, il nostro contadino, e poi sono sempre io che lo devo aiutare… Cosa faresti senza di me, Renato?"

"Morirei, tesoro."

Loro due erano persone speciali. Si divertivano a litigare e a fare pace, ma l'uno non poteva fare a meno dell'altra. Infatti, quando nonno morì d'infarto, la nonna due giorni dopo lo seguì.

"Il nonno non c'è più e gli uomini come lui si sono estinti. Come i dinosauri. Sono tutti codardi ora, pigri, mammoni. Maschio vuol dire sconfitta in anticipo" continuava il suo discorso Eva.

Il gatto alzò la testa fulminandola con lo sguardo.

"Ti offendi, è? Ma che vuoi capire tu? Sei un semplice gatto. In poche parole: Paolo mi ha lasciata con una mail in cui mi dava del Lei. Vedi, la pazza non sono io! Come può un uomo lasciare la propria donna con una mail. Mi sento come una banana, sbucciata, mangiata e buttata nel cestino per la raccolta differenziata. L'uomo butta la buccia nel raccoglitore per i rifiuti biologici, perché vuole comunque farmi credere di essere speciale, unica, deliziosa, la più buona. Non mi ha certo buttata nel cassonetto per l'indifferenziata!"

Abbandonò l'asse da stiro e si sedette sul divano di fronte alla televisione spenta. Ripensò al loro primo incontro, la mostra di Sean a Vienna. Lui contemplava il quadro di Sean e lei lo osservava dal lato opposto della sala. Capì che si trattava di un uomo colto e affascinante. Si avvicinò con passo lento e cauto fermandosi al suo fianco, sfiorandolo appena con il braccio. "Scusi" disse lui e lei rispose con un sorriso. In quel preciso istante seppe che sarebbe stato suo la sera stessa.

Fu dolce e appassionato contemporaneamente e, soprattutto, infinito. Non aveva parole per descrivere la loro prima notte d'amore nell'appartamento che Ben le aveva lasciato per il weekend.

Il mattino successivo le preparò la colazione e parlarono a lungo. Si stupì del fatto che Ben fosse stato il suo amante e che ora si frequentavano come amici. Eva sorrise perché in quel momento capì che stava manifestando la sua gelosia e che il suo interesse nei suoi confronti aumentava: lei voleva averlo in pugno, desiderava fosse suo per sempre.

Il gatto si alzò, la guardò incredulo, e si posizionò nel suo grembo. Aveva bisogno di coccole. Lo accarezzò e sussurrò: "Lo dissi anche per Ben, per Raul...? Ma no. Loro erano un'altra storia. Paolo scelse me. Capisci, tra loro io mio sono distinta. C'è sempre qualcuno che ha la meglio. In questo caso ero io la migliore perché lui lasciò le sue amanti e fu davvero mio. Lo sentivo. Mi parlava, si raccontava ed io sapevo che potevo aiutarlo. Per lui avrei affrontato tutto e insieme potevamo superare ogni ostacolo. Le altre tre donne che frequentava rappresentavano il passato. Io ero la sua gioia, il suo unico Amore, la regina del suo regno. Io ero il presente. Ammettilo, stai pensando che io sia stata l'odalisca del suo harem! Brutta bestiaccia! Come osi pensare una cosa simile! Vai a fare le fusa da un'altra parte, da un'altra padrona! E poi, voi maschi siete tutti uguali. E domani ti porto dal veterinario e ti faccio sterilizzare. Le gatte le guarderai solo da lontano ricordando i bei tempi in cui amoreggiavi e loro non ti si avvicineranno più. Potessi farlo anche con Paolo! Ma con lui non è finita qui." Si alzò e buttò il gatto a terra. Doveva in qualche modo sfogare la sua rabbia. Non era un'adolescente alle prime armi. Di uomini ne ha avuti in vita sua. Tanti, troppi. "Sono stata desiderata, amata, coccolata, viziata e ora pure lasciata per mail. E lui, l'uomo che poteva essere il compagno della mia vita, si distanzia dandomi del *Lei*. E ritorna da loro, le altre, mentre io, colei che l'avrebbe potuto salvare da quell'eterna angoscia che lo rode da anni, rimango nuovamente sola, com'è già successo un sacco di volte. Mi fa schifo!"

Il gatto miagolava, aveva fame.

"Tutti a chiedere, nessuno sa dare. Io mi dono sempre. Se sono innamorata di una persona, mi offro nella mia totale completezza e voglio essere trattata come un essere completo, inscindibile, indivisibile. La sola e unica. Non voglio essere una tra le tante!"

Il gatto mangiava ora il suo cibo e quando pronunciò l'ultima frase si girò verso Eva e la fissò. Sembrava che sogghignasse. Il gatto, il suo animale domestico si prendeva gioco di lei. Poi tornò pacificamente a gustare con eleganza gli appetitosi bocconcini di manzo. Eva lo osservava furiosa.

"Credi che io per Paolo non sia stata unica? Sai, una volta mi ha raccontato che da piccolo il suo gioco preferito era il nascondino. Gli piaceva nascondersi e farsi trovare da chi sceglieva lui. Pensi che lui abbia giocato una specie di nascondino con me? Voleva farsi scoprire, ma ora vuole che sia un'altra a trovarlo. O forse sono io a giocare questo gioco e cadere nelle trappole. Una preda che si lascia prendere, divento docile, contenta che il mio predatore mi chiuda in una gabbia dorata, dove mi può ammirare e nutrire, soddisfando le sue esigenze e credendo di soddisfare anche le mie. Un gioco di donare e ricevere. Uno scambio tra me e lui. Ora il predatore ha aperto la porticina della gabbia e mi lascia andare verso un'altra gabbia, forse più bella e spaziosa. Eh, gatto, quante gabbie ho cambiato nella mia vita cercando la felicità, l'amore? Lui dice *Si prenda il suo tempo e si curi di se stessa*. E se, nella sua insoddisfazione patologica, avesse ragione? Quanto mi sono presa cura di me nella mia vita, girovagando, rincorrendo le mie mete da un capo all'altro del mondo? Certo che mi prenderò cura di me stessa e inizierò con lo sfogare la mia rabbia, raccontando a tutti il codardo che si nasconde dietro una maschera da gentiluomo perfetto e poi… Cosa farò poi?"

Il gatto si mise davanti alla porta e, con un dolce *miao*, le chiedeva di farlo uscire. Mentre si dirigeva ad aprire la porta rifletteva.

"Ma perché è successo? Non lo capisco. Eppure l'ultima volta che ci siamo visti, siamo stati bene insieme e dopo aver fatto l'amore - oh, indimenticabile è la sua passione! - io gli ho solo detto che è ora che facciamo un figlio. Forse dovevo dargli più tempo. Ho una certa età e un figlio lo voglio. Pensi non abbia fatto bene? Credi che io abbia qualche problemino irrisolto? Pensi che dovrei entrare in analisi? Credi che la mia infelicità non sia solo colpa dei maschi?" il gatto si strusciò ai suoi piedi. Lo prese come una risposta affermativa.

Notò che la stanza si stava riempiendo di fumo. "Oddio, la mia camicia di seta!"

"Dunque, quando lei lesse la mail, si mise a stirare. Perché ha iniziato proprio quel lavoro?"

"Ma, guardi, ripensandoci, ogni volta, quando una mia storia d'amore finisce, indipendentemente da chi abbia lasciato l'altro, io, in risposta, mi metto a stirare. Io odio farlo. Preferisco pulire gli escrementi dei pipistrelli che, d'estate, si rintanano sul mio balcone. Le dico, non è piacevole fare nemmeno quello, ma stirare… no! Ma quando una storia finisce, allora sento di dover riordinare tutto, mettere a posto la mia vita. Quel giorno ero davvero a terra. Delusa, arrabbiata, offesa, ma carica d'energia…"

Incontro a sorpresa

Lena non poteva distogliere lo sguardo dalla dozzina di rose rosse appena sbocciate appoggiate sul letto. "Stupende" continuava a ripetere osservando la piccola busta dorata attaccata a una rosa al centro del mazzo. Si sedette sul letto e prese in grembo il mazzo. Tolse l'accappatoio infilato frettolosamente, quando qualcuno aveva bussato alla porta lasciandole il mazzo di rose sul pavimento. Si sdraiò sul letto. Nuda. Si sentiva bellissima, irresistibile. Socchiuse gli occhi e lasciò vagare la mente, abbandonandosi ai ricordi.

Venerdì dal profumo di primavera. Lena si accorse di aver tempo per un caffè e si avviò verso il primo bar nelle vicinanze. Una sensazione stupenda si stava impadronendo del suo corpo. Eppure era semplicemente seduta in un angolo di un piccolo bar, intenta ad osservare le goccioline che, lente, scivolavano sui vetri. Non doveva pensare a nulla, non aveva fretta. Poteva serenamente gustarsi il caffè in un luogo nuovo, per lei sconosciuto. Come si sentiva bene, completamente in pace!

Quand'è stata l'ultima volta in cui si era permessa uno svago simile? Saranno passati sette anni ormai. Dopo la laurea in economia aveva deciso di dedicarsi completamente al nuovo lavoro. Le piaceva trascorrere le giornate tra i numeri, anche se in molti le dicevano il lavoro in banca deve essere molto noioso. Lei si divertiva a far quadrare il tutto, a pianificare, a proporre le novità ai clienti, a cercare soluzioni adatte ai loro casi. Desiderava fare carriera, avere due bambini e una bella casa. Aveva fiducia nelle proprie capacità e credeva che raggiungere la felicità non sarebbe stato difficile. Era nata ottimista.

Aveva un marito con molti progetti. Lavorava, ma riusciva sempre a trovare qualche pomeriggio libero per dedicarsi a lei. A volte la portava al cinema o a fare una gita domenicale o alla sera a cena in qualche locale. Non volevano esagerare perché dovevano risparmiare. Il loro progetto comune era una casa e i bambini. Entrambi desideravano nidificare e vivere in tranquillità.

Gli anni passavano e il suo ottimismo si tramutò in realismo.

Sebastian lavorava dalla mattina alla sera. Diceva che lo faceva per loro. Lei aveva il tempo per dedicarsi al lavoro, ai suoi progetti e a se stessa. Alla sera Sebastian tornava a casa stanco, cenava, le dedicava qualche attimo e poi si sedeva sul divanetto in cucina, appoggiando le gambe sulla sedia e guardava la TV. "Credo di meritarmi un momento dopo una lunga giornata di lavoro" diceva, quando Lena gli rimproverava che potevano fare anche qualcosa di diverso la sera. Gli aveva proposto qualche serata al cinema, a teatro oppure andare fuori a cena. Lui le rispondeva con un semplice "magari la prossima volta" e tutto finiva lì.

Il tempo passava e loro continuavano a vivere in un piccolo monolocale in affitto. Lena lo detestava profondamente perché in

quel luogo tutto era "provvisorio": provvisori erano i mobili, gli elettrodomestici di seconda mano, il divanoletto dal tessuto strappato, le mensole, i quadri... Tutto insomma era provvisorio, pronto per "autodistruggersi da un momento all'altro". Pensava a dove avrebbe potuto mettere i lettini dei bambini che sarebbero arrivati, ai giocattoli che avrebbero riempito ogni angolo di quel minuscolo appartamento. Non avrebbe mai potuto avere le cose in ordine. Il forno era guasto da mesi. Quando accendeva la lavastoviglie le sembrava di avere un trattore in casa. L'appartamento era umido e la muffa si formava in tutti gli angoli. Evitava di alzare lo sguardo per non vedere quelle chiazze nere che continuavano ad allargarsi, come se volessero fagocitarla. Orribili. Poi c'erano i vicini di casa, antipatici e insensibili, che l'avevano accusata di fare troppo rumore, ma non si rendevano conto del baccano che facevano loro quando, durante i loro "sfoghi d'amore" rischiavano di buttar giù il muro che divideva i due appartamenti adiacenti. Questa situazione, pensata come precaria, perdurava da sette infiniti anni.
Era stanca di quella situazione, distrutta, esausta anche dal lavoro che amava tanto. Le sembrava che tutto stesse andando a rotoli.
Si trovava in una situazione davvero difficile. Immaginava la sua vita in quel triste e piccolo monolocale con due figli e suo marito sempre al lavoro. Quando li avrebbe messi a letto, raccontato loro una favola e aspettato che si addormentassero avrebbe potuto dedicarsi a se stessa. E cosa avrebbe potuto fare? Sarebbe stata così esausta da non riuscire a muoversi e tutti i piani fatti durante la giornata sarebbero sprofondati come macigni nelle profonde acque di un lago infinito. Non avrebbe avuto alcun rimasuglio d'energia per leggere un romanzo, per scrivere una mail a qualche vecchia amica o per prepararsi per una "notte di fuoco" con il marito. Niente. Si sarebbe fatta una doccia lasciando scorrere l'acqua per una quindicina di minuti, cercando di liberare la mente e rilassarsi. Questa sarebbe stata la sua vita: un disastro. Proprio come non l'avrebbe mai voluta. Cosa le stava succedendo? La sua mente era invasa sempre dagli stessi pensieri.

Cercava di consolarsi e rassicurare se stessa: *"Un giorno tutto sarà più semplice."* La somma dei suoi sacrifici e quelli di Sebastian avrebbe dato un bellissimo risultato: una bella casa in cui avrebbero vissuto per tutta la vita.

Lena si alzò dal letto. Sulla parete c'era un enorme specchio dalla cornice di ferro battuto che le piaceva molto. Coprì il seno con il mazzo di rose e sorrise. Non poteva lamentarsi del suo aspetto fisico. Si sentiva affascinante.
Mise i fiori nel vaso di ceramica acroma sul tavolino di mogano.

"Lena l'ho trovata!" le disse un giorno Sebastian tornando a casa.
"Chi?" chiese lei con stupore.
"Cosa? Sarebbe la domanda giusta. La nostra nuova casa, tesoro. Pensa, in campagna. Avremo il nostro orto, il giardino. In cortile ci sono due mandorli ai quali potrai legare l'amaca per riposarti. Oh, cara, sarà stupendo! Domani devi venire a vederla."
Incredula lo fissò negli occhi. "Non sono frottole, vero?"
"Domani potrai verificare da sola." Sebastian le fece l'occhiolino, la strinse forte e poi la prese in braccio facendola girare come una trottola.
"Fammi scendere, ti prego!" urlava Lena e rideva forte. Il suo realismo, che si stava tramutando in pessimismo, in quell'istante spariva e riemergeva nuovamente l'ottimismo. Quello che contava realmente era che lei stava per avverare il suo sogno: casa e figli.
"Ma dov'è la casa?"
"A Sicciole. Un signore anziano e vedovo vende la sua vecchia casa con tutto il terreno, che comprende, ascolta bene, anche un piccolo uliveto, perché si trasferisce in centro a Lucia in un appartamento. Sai com'è? Gli anziani hanno bisogno che il medico sia vicino, come pure la farmacia e i negozi… Ma a noi non importa, noi ci trasferiamo!"
Quella sera Sebastian la prese con passione. In quell'uomo Lena non riconosceva suo marito. Le sembrava fosse cambiato improvvisamente: dal "pantofolaio" che era si è trasformato in una

tigre. Al momento dell'orgasmo Lena urlò così forte che le sembrò di esser tornata al passato quando… Ma quella era un'altra storia, un'altra vita. Poi il vicino diede due forti colpi alla parete.

"Vaffanculo!" disse lei, cadendo esausta tra le braccia del marito. E iniziò a ridere. Niente aveva più importanza dell'obiettivo cui si stavano avvicinando e nessuno avrebbe potuto rovinarle l'istante magico che stava vivendo. Tutte le insicurezze e i brutti pensieri vennero sepolti e non voleva tornassero a tormentarla. Lei non l'avrebbe permesso. Mai!

Il giorno seguente andarono a visitare la nuova casa. Lui la portò in braccio dalla macchina al cortile poiché le aveva fatto bendare gli occhi. Lei stette al gioco. Dopotutto era una sorpresa e lei si doveva, anzi si sarebbe sicuramente stupita. Non ne vedeva l'ora. Si trovò davanti ad una modesta casetta dall'intonaco bianco ingrigito dal tempo, con delle minuscole finestre e una porta di legno verde che dava sul cortile lastricato. Le ricordò la casa della nonna Silvia dalla quale passava tutte le estati da bambina. A Monte San Marco.

Sebastian bussò delicatamente. Un anziano signore fece capolino nella sua tuta da ginnastica rossa. Era di statura bassa. I pochi capelli bianchi che gli coprivano la nuca svolazzavano allegramente come se fossero vivi intorno alla sua testa. Aveva due minuscoli occhi scuri che scrutarono velocemente la coppia sulla porta.

"Sei arrivato." constatò rivolgendosi a Sebastian "Bravo!"

Sebastian presentò la moglie al signor Lino, così si chiamava, le strinse energicamente la mano. Dopo alcune frasi di cortesia Lino mostrò la casa ai possibili acquirenti.

Anche all'interno la casa era molto semplice, arredata con mobili classici. Al pianterreno c'era la cucina e una spaziosa sala da pranzo, un piccolo bagno che comprendeva il water, il lavandino e il box doccia, e il ripostiglio. Si saliva al primo piano facendo una ventina di scalini in pietra levigata e qui c'erano due stanze e un bagno con la vasca.

"Linda amava farsi dei lunghi bagni in questa vasca" disse Lino ricordando la moglie. Gli s'inumidirono gli occhi. "Abbiate cura l'uno dell'altro. Noi purtroppo non avevamo figli, ma ci amavamo lo stesso moltissimo. Voi avete figli?"
"No, ma li avremo presto, signor Lino. Vero, amore?"
Sebastian si girò e si diresse verso la stanza matrimoniale. "Dovremo cambiare le finestre in tutta la casa." disse. Lena lo seguì troppo eccitata dai progetti che aveva in testa. Lei vedeva già le tende alle finestre. Dalla finestra osservarono il cortile, i due bellissimi ed enormi mandorli in piena fioritura, l'uliveto.
"Sono vecchio e da solo non ce la faccio più. Prima che Linda si ammalasse avevamo anche un pollaio e così le uova fresche. Oggi le devo comprare ma per arrivare al negozio devo farmi una camminata di un chilometro. Per comprare il latte, l'olio, lo zucchero e altro devo pregare il vicino che mi accompagni con la macchina poiché da qualche anno non guido e ho venduto anche l'auto." Lo diceva con voce triste e sommessa e a Lena dispiacque per quel signore solo e anziano. Ma lei avrebbe avuto i figli che si sarebbero occupati di loro nel momento del bisogno.
Salutarono il signor Lino. "Giovanotto, fatti vivo presto per comunicarmi la vostra decisione!" La coppia sorrise: la decisione l'avevano già presa.
"Allora, Lena, come ti è sembrata?"
"Oh, stupenda!" sospirò lei.
"Ora tocca a te, "banchiera". Vedi cosa si può fare per il mutuo e, mi raccomando, la soluzione deve essere la migliore!" le disse quando erano in macchina sulla via del ritorno. Lei rise di cuore. "Puoi non avere dubbi."

L'acquisto fu veloce e loro potevano iniziare con la ristrutturazione. Purtroppo i lavori della nuova casa continuavano a dilungarsi. A questi si aggiungevano i problemi economici, i soldi non bastavano mai, e Lena non poteva far altro che sbuffare, continuare a vivere in quel "buco" definito appartamento e sognare un futuro migliore.

"Ci siamo. Finalmente ci possiamo trasferire" le disse una sera Sebastian aprendo la porta al suo rientro.

"La cucina è stata montata?" gli aveva chiesto incredula, ricordando che appena una settimana prima i mobili arrivati non combaciavano con l'ordine che avevano fatto.

"Sì, amore mio" rispose ridendo. "Lo stretto necessario è pronto. Quando vuoi, possiamo traslocare." Si avvicinò a lei, la sollevò di peso e le fece fare un giro per la piccola cucina.

Il giorno seguente Lena chiamò in banca, chiese qualche giorno di ferie, e organizzò il trasloco. Preparò in fretta le cose da portar via, l'essenziale. Presero in affitto solo un furgone medio, per il trasporto. Salutò le "cose provvisorie" del monolocale, pensando all'arredamento nuovo della casa in cui andavano ad abitare. La sua bella casa in campagna.

Le tremavano le mani quando staccò il biglietto dal mazzo di rose. Sorrise.

Nella sua nuova casa si sentì subito a proprio agio. Aveva la sensazione di viverci da sempre. La cucina era piccola ma accogliente, il ripiano cottura pulito, il forno funzionante, la lavastoviglie silenziosa. Il bagno al piano terreno era stupendo: azzurro come se lo era sempre rappresentato, il lavello in ceramica blu e il box doccia con l'idromassaggio e la radio incorporata. Il rubinetto era particolare, al posto dei soliti volantini per l'acqua calda e fredda, aveva due margherite, uno segnato con la C e l'altro con la F. Il bagno al primo piano non era ancora terminato, ma non aveva importanza. "Faremo tutto" la rassicurava Sebastian.

Non ebbe la minima nostalgia per la vecchia casa e nemmeno per i vicini rompiscatole. Erano felici di avere la loro stanza con un vero letto matrimoniale e non più un divanoletto. Era spaziosa, le finestre ampie, che l'architetto era riuscito a progettare perfettamente, erano rivolte a sud e ciò la rendeva molto luminosa.

Era bellissimo starci, soprattutto al tramonto, quando i raggi solari dipingevano le mura di un tenue color arancione che riusciva a ricaricare le batterie. Quando la descriveva ai conoscenti, diceva di sentirsi letteralmente in *Paradiso*: era il luogo perfetto, dove abitare per l'eternità. Era certa che sarebbe potuta stare a letto ventiquattro ore di seguito se glielo avessero permesso, osservando le bellezze che la attorniavano, dimenticando gli sforzi di tutti gli anni passati. Sì, era una situazione idilliaca.
Nella stanza dei bambini c'era solo il parquet e i muri erano bianchi.
"Amore, questa la riempiremo presto, vero?" disse Lena con tutto l'entusiasmo che aveva in corpo.
"Ne parleremo" rispose lui in tono cupo. Lei sembrò non farci caso a quella frase.

"Se la porta aprire vorrai,
davanti all'uscio una sorpresa troverai!
Affrettati, ragazza, e non parlare
Se non vuoi che qualcuno te lo possa rubare."

Socchiuse gli occhi. Il messaggio era anonimo, la calligrafia inconfondibile. Lena non capiva se si trattasse di un indovinello o di una poesia riuscita male. Sapeva per certo però che davanti alla porta c'era qualcosa. Sentì la bocca dello stomaco stringersi. Deglutì con difficoltà, indossò l'accappatoio diretta verso la porta. Girò la chiave nel chiavistello.

Il trasloco l'aveva cambiata. Si svegliava all'alba sorridendo, fresca come una goccia di rugiada, pronta per fare jogging. Preparava la colazione, mangiava insieme a Sebastian e poi andava a lavorare entusiasta. Si sentiva più giovane, leggera come una farfalla, colorata come l'arcobaleno e con un'enorme voglia di vivere. La fase depressiva della sua vita era svanita. Fortunatamente.

Anche il rapporto con Sebastian aveva ripreso il suo vigore, uno slancio da velocista verso nuovi orizzonti. Di sera, sdraiati uno di fianco all'altro, nel loro letto nuovo, si cercavano più spesso e si amavano come due fidanzatini.

Una sera, dopo aver fatto l'amore Lena gli disse: "Sono stata dal ginecologo per una visita di routine. Gli ho confidato che stavamo per metterci "al lavoro" perché desideravamo un figlio. Lui si è detto felice e mi ha chiesto se volevo fare alcuni esami. Mi ha proposto di verificare il quadro ormonale. Pensavo di andare al laboratorio domani mattina prima di andare a lavorare. Che ne dici?"

Silenzio. Sebastian dormiva. "Possibile che quando parlo di cose serie tu non mi ascolti!" sussurrò con rabbia Lena.

Il giorno seguente fu una giornata molto impegnativa per lei, una riunione dietro all'altra. Rientrò a casa esausta ma l'attese una bella sorpresa. Sebastian le aveva preparato la cena: tagliatelle con il tartufo e mousse di cioccolato, la sua preferita. "Oh, amore, che bella sorpresa! Che bella è la mia vita!"

Dopo cena, distesi sul divano davanti alla televisione, Sebastian le fece un massaggio rilassante. "Sono andata a fare gli esami del sangue questa mattina. Appena avrò i risultati, ci potremmo dare da fare. Oh, quanto desidero avere questo bambino! Rallegrerà la nostra casa, la nostra vita… Non vedo l'ora di girare per Lucia con il pancione!" Lo voleva baciare ma lui si scostò.

"Che c'è, tesoro?"

"Devo dirti una cosa. Non ti ho mai detto che a undici anni ho avuto la parotite epidemica, vero?" Lei lo guardò scuotendo la testa. "La mamma era contraria ai vaccini, era convinta che i bambini dovessero sviluppare gli anticorpi da sé. Durante la malattia ho sviluppato l'orchite, un'infiammazione ai testicoli. Ho rimandato a lungo una visita dall'urologo e tempo fa mi sono deciso. Sapevo molto bene che uno dei tuoi, o meglio dei nostri, obiettivi della vita erano i figli. Volevo accertarmi che tutto fosse

a posto. Ho fatto vari esami tra cui lo spermiogramma Mi hanno detto che purtroppo l'infezione ha causato l'atrofia testicolare. Vuol dire che sono sterile. Non potrò avere figli. Volevo dirtelo tanto tempo fa, ma non ho avuto il coraggio."
Lena lo fissò incredula. I suoi sogni stavano colando nelle crepe che si formavano nel suolo arido e svanivano sotto terra. Non avrà figli. Silenzio.
"A quel punto mi sono reso veramente conto di quanto ti amassi e quanto significavi per me. Mi sono dato da fare per realizzare almeno una parte dei tuoi sogni e ho cercato casa. Tu eri così felice e non potevo rovinare quel momento magico, così rimandavo la notizia. Il tempo passava e io mi accorgevo ogni giorno che senza di te la mia vita sarebbe stata come un deserto. Tu continuavi a parlare di figli e ogni volta che lo dicevi, io pativo in silenzio. Oggi ho deciso di comunicartelo e ora decidi tu. Io capirò ogni tua decisione. Se vuoi lasciarmi, sei libera di farlo."
Lena non poté trattenere le lacrime. "Come puoi pensare una cosa simile! Anch'io ti amo. Non avevo intuito il tuo dolore. Ma forse c'è qualche speranza. Ci sarà pure qualcosa da fare."
"Lena, solo un miracolo."
"Sebastian, i miracoli succedono." Lei gli prese delicatamente il volto tra le mani e lo fissò dritto negli occhi, poi lo baciò. Rimasero abbracciati singhiozzando sul divano per un po'. Le sembrò un bambino indifeso, un omone enorme che piangeva tra le sue braccia. Non era colpa sua e lei avrebbe trovato un rimedio alla loro situazione.
Non parlarono più di figli. Lena aveva cercato informazioni riguardo alla fecondazione assistita e anche all'adozione in Slovenia e all'estero. Si era proposta di parlare con il marito della possibilità di trovare un donatore di seme. Non potevano arrendersi. Avrebbero trovato una soluzione. Intanto sperava nel miracolo.

Una sera Sebastian la chiamò nella loro stanza. La baciò con passione consegnandole una busta bianca. Lei lo guardò stupida, ignara di cosa ci fosse all'interno.

"Sorpresa" le disse.

Lena prese la busta e, curiosa, la aprì, scoprendo che dentro c'era un biglietto: *"Ti auguro sette giorni indimenticabili, ricchi di riposo e benessere, nel Centro termale Rubino. Ti amo, Sebastian."*

Lena non poté trattenere le lacrime dall'emozione. Non si erano presi un giorno di ferie da anni ormai e ora se ne sarebbero andati via per una settimana intera!

"Grazie, tesoro. Ma quando partiamo?" chiese.

"No, mia cara, parti da sola. Durante gli ultimi anni hai fatto molti sacrifici e oggi ti meriti una vacanza speciale. E poi, hai più volte desiderato di andare su un'isola deserta da sola!" scherzò lui.

Sul volto di Lena calò un'ombra. "Ma come, tu rimani a casa?" chiese irritata. Non le piaceva l'idea di andare in vacanza da sola lasciandolo a casa abbandonato a se stesso. Probabilmente si sentiva in colpa e voleva sdebitarsi. Lei non se la sentiva di andarsene.

"Perché ti preoccupi? In questo periodo abbiamo molto lavoro al cantiere. Mi arrangerò. Lena, vai e divertiti" la rassicurò il marito, strizzando l'occhio. In quel momento le sembrava di toccare il cielo con un dito. Si sentiva come un uccello liberato dalla gabbia dopo anni di prigionia. Respinse nell'inconscio quella sensazione. *"È la mia vita ed io voglio essere felice."*

Aprì la porta. Una debole luce illuminava il lungo corridoio vuoto. Guardò verso l'ascensore. Qualcuno stava salendo. Si sentì terribilmente delusa, ma quando volle rientrare, il suo sguardo cadde sul pavimento di marmo bianco in parte coperto da un tappeto rosso. Proprio davanti alla sua porta c'era un pacchetto turchese con un fiocco di raso bianco. Elegantissimo e leggero.

Rientrò furtivamente, cercando di dare un'ultima occhiata all'esterno. Sapeva bene chi le aveva mandato i fiori e lasciato il

regalo davanti alla porta. Una volta nella stanza abbandonò l'accappatoio sul pavimento sdraiandosi supina sul letto. Appoggiò il regalo sul cuscino accanto a lei. Fissava il soffitto bianco, lasciando correre i pensieri, mentre il profumo che proveniva dal pacchetto le solleticava le narici. L'odore di spezie le piaceva molto, soprattutto la cannella.
Rimembrò l'incontro al bar, mentre, contenta della partenza per la breve vacanza, stava assaporando il suo caffè.

Era sola e felice. Sebastian aveva ragione, doveva prendersi un po' di riposo. Se lo meritava. Era felice come una bambina: sarebbe partita da sola e si sarebbe viziata al massimo. Al suo ritorno gli avrebbe parlato delle idee che aveva per il bambino.

"Ciao!" Una voce profonda e allegra la fece destare. L'avrebbe riconosciuta tra mille altre. Cercò volutamente di ignorarla. *"Qui non conosci nessuno e nessuno conosce te"* pensò.

"Buongiorno, bella signora!" insistette la voce avvicinandosi al suo tavolo. Sentì un'emozione forte impadronirsi di lei, un brivido le saliva lento dal fondoschiena alla nuca, come se qualcuno la sfiorasse con delicatezza. Si girò cercando di mantenersi calma.

"Oh, ciao!" rispose non potendo nascondere lo stupore.

"Come mai qui?" chiese lui guardandola negli occhi e porgendole la mano. Lena si alzò imbarazzata. Non sapeva come atteggiarsi e nemmeno cosa rispondere. Infine allungò la mano e disse: "Beh, diciamo che sono in vacanza. E tu?"

Lui sorrise. Lena rimase impietrita, ipnotizzata dallo sguardo che, lo sapeva benissimo, esplorava il suo viso. Era bello. No, era stupendo, una statua greca. "Ci vengo spesso. Lavoro qui vicino" rispose mentre le stringeva la mano con decisione. Le sue mani erano curate, abbronzate, perfette. "Che ne dici, hai tempo per una bibita?"

"In realtà, vado un po' di fretta ma poiché non ci vediamo da parecchio, un succo di frutta lo accetto volentieri."

Uno di fronte all'altro, come una volta. "Sei come ti avevo lasciata, forse ancora più bella."

"Adulatore. Non m'incanti con le tue parole. E poi, guarda che sono sposata." lo avvertì abbozzando un sorriso.
"Lo so. Purtroppo mi sei scappata e cerco la tua gemella ovunque da anni. Dieci anni, ormai, ma una come te non l'ho ancora trovata." Lo disse con convinzione. La sua voce a un certo punto tremò tradendo l'emozione. Avvicinò la sua mano cercando di sfiorare quella di Lena, lei la ritrasse immediatamente.
"Non ho sorelle gemelle, Tilen, lo sai bene. Sono passati anni ormai da quando ti permettevo di giocare con me" disse con asprezza. In un attimo le passarono davanti le immagini del loro rapporto: un'altalena di amore e odio, un gioco crudele, che si risolveva tra le lenzuola del letto dove, lo sapevano bene entrambi, la passione raggiungeva il culmine. Sublime. Lì tutto diventava dolce, le parole si trasformavano in musica, trasportandoli in luoghi indescrivibili, dai colori tenui e chiari. Le era servito parecchio tempo prima di capire che un rapporto non può basarsi solo sul sesso, anche se le emozioni provate in quei momenti spesso perduravano per notti intere, intense e pure. La turbolenza dei loro caratteri li aveva portati ai limiti della sopportazione. La gelosia e la sua possessività, la faceva impazzire. La sofferenza che accompagnava il loro amore era enorme, impossibile da vincere, da alleviare e, a un certo punto, le saldature alla catena erano troppe. Un giorno si spezzò e loro si lasciarono, trasportati dalle forti correnti della vita, coscienti dell'amore profondo che li legava, stanchi e incapaci di risolvere i problemi che li torturavano. Erano giovani, senza esperienza di vita.
In un attimo tutto riaffiorò alla memoria. No, lei non l'aveva dimenticato e non l'avrebbe mai fatto. Lui era semplicemente il suo passato. E basta.
Ricordarono i bei tempi, la prima fase dell'innamoramento, i primi approcci all'intimità. Poi passarono agli argomenti del presente. Lei gli raccontò del matrimonio, della casa, della vacanza regalo che le aveva fatto suo marito. Lui le parlò del suo lavoro, dei negozi di biancheria intima di cui si occupava, dei viaggi per il mondo che faceva, delle donne che aveva, dei figli che desiderava.

"Puoi non credermi, ma io ti penso ogni giorno. Indipendentemente dal luogo in cui mi trovi e dalla persona con cui sono, io ti ho sempre in mente. Mi ricordo ogni dettaglio di te e mi pento di come ti ho trattata. Non ho saputo apprezzarti e ora mi ritrovo a cercarti nelle altre donne in giro per il pianeta. Ogni volta m'illudo con le solite frasi - Ecco, questa è come Lena. Le assomiglia, parla, ride, pensa come lei - e poi scopro che nessuna potrà mai sostituirti. Non esiste nessuna come te e mai ci sarà. Forte, decisa, ironica e, allo stesso tempo, dolce, sensibile, ingenua. Sei una persona completa, bellissima. Lo sei sempre stata. Sono stato uno sciocco a non rendermene conto allora. Sei unica, Lena" disse con serietà guardandola negli occhi.

Lena fece un lungo respiro, si morse il labbro inferiore. Non poteva dire niente. Le sembrò di scivolare nella sua pelle, intrufolarsi nella sua mente, lasciarsi cullare dalle emozioni che lui provava. Era sincero.

"Mi ha fatto piacere incontrarti. Sei speciale, stupenda, fantastica. Lo dico perché lo sento."

A quel punto lei non poté trattenersi. Aveva l'impressione che una mano estranea le strappasse il cuore dal petto. Sfiorò la sua mano e stava per dire qualcosa, ma la ragione gliela fece ritrarre. Sorrise imbarazzata, stupita dal gesto appena compiuto, cosciente che il corpo fremeva per un contatto fisico.

Tilen abbozzò un sorriso. "Ci incontreremo ancora?" le chiese.

"Non credo. L'incontro è stato casuale. Non ci saranno altre occasioni" rispose confusa.

"Le occasioni le creiamo noi, Lena."

Lei si alzò dal tavolino. Aveva cessato di piovere. Lui le prese la mano. "Fai un bel viaggio. Pensa a te stessa e goditi la vita." Le sfiorò la guancia con un bacio. Un brivido piacevole le attraversò il corpo, una sensazione che non doveva provare. Un attimo, e un pensiero scorretto s'impossessò della sua mente. Schiacciò quelle emozioni nel profondo dell'inconscio, lontano dalla realtà. Non era da lei.

"Arrivederci" riuscì a dire con voce strozzata.
"A presto" rispose con aria vincente.

Aprì il pacchetto. Biancheria intima. Non si stupì. Semplice, ma d'effetto. Culottes e reggiseno, ricamati a mano, in seta color turchese. Sul fondo della scatola c'era un biglietto di carta di riso: "Suite n. 3, terzo piano. Non pensare troppo."
Tremava come una foglia. I giorni passati al centro termale l'avevano rinvigorita, allontanata dalla vita di tutti i giorni. Si sentiva fresca, giovane, bella, un po' pazza. Indossò il completo intimo che le scivolò come cucito addosso. Celestiale.
Si avvicinò allo specchio. Si guardò negli occhi e vide il desiderio che aumentava. Sospirò. Proprio in quei giorni aveva calcolato i giorni fertili. Era a metà ciclo e le dispiacque non essere a casa.
"E se il miracolo fosse questo?" si chiese.

Il Club delle non mamme

A pagina venti del quotidiano locale *Notizie locali* compariva un insolito annuncio:
A.A.A. Cercasi donne non mamme, che desiderano esserlo per formare il Club delle non mamme. Il primo incontro si terrà al bar Julius, a Portorose, in data 21 aprile alle ore 20.00. Parliamone e facciamo sentire la nostra voce! E.

L'albero di Natale di Anna

Era il lontano dicembre del 1939, esattamente sette volte due mani più quattro dita fa. Faceva freddo, un freddo pungente che attraversava gli abiti e punzecchiava la pelle. Il cielo si manteneva grigio da qualche giorno. "Tempo da neve" diceva zio Toni che di meteorologia s'intendeva. Anna stava pelando le patate per preparare la cena dei suoi tre fratelli minori. La mamma le aveva ordinato di pelarle e metterle a bollire mentre lei andava in paese a pregare la vecchia Mariuccia di scambiare due uova delle sue preziose galline per mezzo litro di latte di capra. Papà sarebbe tornato presto dalla miniera, quella sera.

Anna era la maggiore dei quattro fratelli, aveva dieci anni. Era piccola di statura e molto agile, abituata a passare il tempo a correre e saltare per essere alla pari dei suoi tre fratelli minori Mario, Luigi e Gildo. Portava i capelli neri come la pece sciolti sulle spalle e aveva due occhi da cerbiatta che risaltavano sul suo viso minuto.

"Luigi, aggiungi un po' di legna al focolare!" comandò la sorella.

"Nemmeno per sogno!" rispose lui.

"Guarda che se non obbedisci, lo racconto alla mamma e te la vedrai con lei!"

"Che strazio!" rispose lui alzandosi dal focolare, dove stava giocando con i suoi fratelli e uscì.

"Tra pochi giorni sarà Natale e noi non abbiamo nemmeno l'albero." si lamentò Anna.

"A cosa ti serve l'albero?" chiese Mario che tutti chiamavano Mariuccio, il secondogenito.

"Per addobbarlo, no! Cosa darei per essere come Rachele o Maria! Loro sì che sono fortunate! Hanno già addobbato l'albero e a

Natale ci troveranno sotto anche qualche regalo!” continuò a lamentarsi la bambina.

“Anche a casa di Renato hanno l'albero. Non è un abete, quello ce l'hanno solo i ricchi! Il papà gli ha portato dal bosco un ginepro.”

“Beato lui!” sospirò la bambina. La sua famiglia abitava a Castelvenere, un paesino di otto case in pietra, situato sul monte, proprio sopra un piccolo cimitero. La loro casa era composta da due stanze: una fungeva da cucina, e qui si trovava il focolare, *el fogoler*, e al piano di sopra, al quale ci arrivavi salendo una stretta scala di legno, c'era la stanza da letto in cui dormivano in sei: i genitori e i quattro figli. Il papà lavorava in miniera mentre la mamma si occupava dei figli, del piccolo orto e della vecchia capra. A volte svolgeva qualche faccenda per le signore del paese vicino, o vendeva un po' del loro latte di capra, oppure andava ad aiutare in campagna nella valle sottostante. Si trattava di lavori saltuari, a giornata, sui quali non poteva fare affidamento certo.

“Perché noi non possiamo avere l'albero di Natale?” chiese Gildo, che aveva appena cinque anni.

“Perché siamo poveri.” tagliò corto la sorella.

“Ci deve essere una soluzione…” rifletteva da alta voce Mariuccio.

“Ma che soluzione! Noi non abbiamo un bosco in cui andarlo a prendere. Se ti becca Don Luigi nella pineta della parrocchia ti fa pagare una multa salatissima! Non c'è soluzione.”

“Che soluzione?” chiese Luigi rientrando con la legna.

“Niente. Porta qua, se no ci sogniamo le patate cotte stasera!”

“Eppure una soluzione ci deve essere…” continuava a ripetere Mariuccio “e io la troverò.” Aveva già un'idea.

Si svegliarono al canto del gallo nel pollaio della vicina Lucia. Papà Rinaldo bevve la sua tazza di caffelatte in cui intinse un pezzo di pane raffermo e andò a lavorare in miniera. Mamma Margherita, detta Ita, munse la vecchia capra per la prima colazione dei suoi quattro figli. Poi andò dalla signora Sabina per le faccende di casa. Anna rimase a badare ai fratelli, era periodo di vacanza. Niente scuola per Natale, data a cui mancavano ancora pochi giorni.

Mariuccio disse che doveva andare a sbrigare una faccenda e scomparve.

Verso mezzogiorno tornò cantando e portando in braccio un bellissimo ginepro, alto poco meno di un metro, pronto per essere addobbato.

"Anna, te go portà el zuppin![1]" urlò appena entrato in casa.

"Te son matto! Dove te lo ga ciolto?[2]"

"Non ga importanza. Fatto sta che qua te lo ga e desso te son come le tue amiche![3]" disse con orgoglio il bambino.

Anna guardò con attenzione quel piccolo ginepro, un arbusto verde con tanti piccoli aculei. Sembrava un riccio. Non sapeva dove l'avesse preso, ma era certa che lei l'avrebbe addobbato come si deve. Trovò un coccio che fungeva da vaso, vi inserì un po' di terra e qualche sasso, e vi piantò il ginepro.

La mamma tornò verso le due per il pranzo. Non si accorse nemmeno dell'albero nell'angolo della piccola cucina, tanto era pensierosa e preoccupata. Dopo un po' arrivò qualcun'altro, non bussò ma iniziò a chiamare dal piccolo cortile davanti alla casa.

"Ita! Ita!" "Cosa vuoi?" rispose lei uscendo sull'uscio. Si trattava di Beppo, di mestiere ciabattino, un vecchio scorbutico, il più tirchio del paese.

"Cosa voglio? Il tuo Mariuccio è entrato nel bosco di mia proprietà e si è portato via un ginepro."

"Non può essere vero" disse lei convinta.

"Eppure l'ha visto Rosetta, mia moglie, che si trovava nelle vicinanze a raccoglier legna." Margherita si girò verso i figli che se ne stavano impietriti con gli occhi spalancati dietro di lei e in quel momento vide l'albero. *"Cossa te ga fatto, mascalzon?[4]"* riprese Mariuccio.

---

[1] Anna, ti ho portato il ginepro!

[2] Sei matto! Dove l'hai preso?

[3] Non ha importanza. Eccolo qua e adesso sei come le tue amiche!

[4] Cos'hai fatto, mascalzone?

"Anche noi dobbiamo avere un albero di Natale come gli altri, sai!"

"Fatto sta, Ita, che ora mi devi dare due lire o ti denuncio e devi venire dai carabinieri in caserma."

"Due lire? Dove vado a prenderle? Io non ti posso dare i soldi che non ho. Verrò in caserma."

Così la mattina dopo fu chiamata in caserma, dove le chiesero di esporre i fatti e lei raccontò dell'idea del figlio che voleva accontentare la sorella. Il brigadiere era un brav' uomo, di origini piemontesi. Non voleva aggravare la situazione delle famiglie di questo povero, piccolo villaggio istriano che, in qualche modo, gli ricordava quello da cui proveniva, nel Cuneese, e da dove, pochi mesi prima, suo fratello minore era stato richiamato per andare a presidiare il confine, nella GAF: venti di guerra scuotevano l'Europa. Con un triste sorriso disse: "Signora Margherita Stopar, detta Ita, lei è la madre del piccolo ladro che è ancora minorenne e dunque la condanno a risarcire il signor Giuseppe Busdachin, detto Beppo, con sette giorni di lavoro nelle sue campagne!" Fu così che Ita fu giudicata colpevole e condannata a mietere il grano nel campo di Beppo l'estate successiva.

I figli però avevano l'albero di Natale. Lo decorarono appendendovi noci, mandorle, crostoli e frittelle. Legarono tutto con dei piccoli spaghetti rossi, che Anna aveva ricevuto in regalo dalla sua amica Maria. Anche il gatto Miao si divertiva a saltare sul ginepro e tentava di mangiarsi qualche frittella. Il giorno di Natale si svegliarono trovando sotto l'albero ognuno la propria tazza di latte fresco e tre frittelle, *le fritule*, che la mamma aveva preparato durante la notte. Avevano il più bell'albero della contrada e Anna, quell'anno, era la bambina più felice del paese. Sicuramente. Sarebbe stato l'ultimo Natale di pace, in Istria.

Confini

"Accidenti! Pure questa ci voleva!" pensava Ines mentre riponeva nell'armadietto bianco, graffiato dal tempo, il borsone con *il necessaire*.

La fioca luce invernale penetrava a stento dai vetri opachi della stanza che l'avrebbe ospitata i prossimi giorni. Sperava che la sua permanenza fosse davvero breve, perché in quel luogo sterile, dalle bianche pareti plastificate, con una fascia bassa verde spento, non ci voleva rimanere. La stanza numero quindici del reparto oncologico ospitava già quattro pazienti di sesso femminile e lei, da oggi, era la quinta.

"Ci dovevo proprio venire?" si chiedeva mentre tentava di chiudere l'anta dell'armadietto. "Pare proprio di sì. Oggi è già una giornata persa" si rispondeva. "E chiuditi, maledetto!" disse a voce alta sbattendo forte la porta che non si chiuse. Una signora con la flebo nel polso si girò e la osservò con attenzione. Almeno così le pareva. "Mi scusi" disse a voce bassa. Lei grugnì. Non ricevette altra risposta.

Prese il telefonino e una bottiglietta d'acqua, che sistemò sul comodino, accanto a quello che sarebbe stato il "suo letto".

"Ci rimarrò solo pochi giorni", disse autoconvincendosi. Dovevano farle ancora alcuni accertamenti e prepararla all'intervento. Ancora non sapeva esattamente a cosa si doveva sottoporre. Aveva la cartella clinica piena di risultati di esami, prelievi, misurazioni e chissà quali altre risultatanze di sevizie varie. Quali torture avrebbe dovuto sopportare ancora? Si chiedeva quando le avrebbero asportato quel nodulo schifoso, chiamato tumore, e quanto tessuto se ne sarebbe "andato" con quel "coso". Il suo bel seno non sarebbe stato mai più quello di prima. Era una delle poche certezze.

Ebbe un flashback. Si ricordò come era iniziato questo calvario. Era una sera qualunque, un martedì. Uscita dalla doccia si spalmava la crema corpo e, giunta al seno, sentì come una pallina, o meglio, qualcosa di strano. Al contatto staccò la mano dal seno, interrompendo il massaggio, e rabbrividì terrorizzata. Si sentì un blocco di ghiaccio. Il freddo s'impadronì del suo corpo; stava per svenire. Si sedette sul bordo della vasca da bagno, appoggiandosi al muro piastrellato. Non riusciva a controllare lo shock, tremava tutta.

Il giorno seguente aveva già fissato un appuntamento dal suo ginecologo che l'aveva rassicurata dicendole che molte donne di età compresa tra i trenta e i cinquant'anni mostravano segni di displasia mammaria, un'alterazione benigna dei tessuti del seno che non avevano nulla a che vedere col tumore ma che potevano suscitare qualche preoccupazione al momento della diagnosi. Le aveva spiegato che esistono diverse forme di displasia, che la più comune è quella fibrocistica. La pallina nel seno destro di Ines poteva essere una piccola ciste, piena di liquido, che compare prima del ciclo mestruale. Questo fenomeno è frequente nelle donne tra i trenta e i quarant'anni. Dunque lei, che aveva trentatré anni, rientrava pienamente in questa fascia. Purtroppo la pallina non sparì con le mestruazioni. In seguito agli esami svolti, non si ricordava nemmeno quanti ne avesse fatti, le avevano comunicato la diagnosi finale: tumore al seno destro. Erano passati due mesi da quell'indimenticabile sera in bagno in cui aveva sentito qualcosa di strano e ora si trovava sola, in una comune stanza d'ospedale, ad attendere. L'idea di poter perdere anche soltanto una piccola parte del suo seno la faceva imbestialire. Se le avessero dovuto asportare tutto il seno, sarebbe impazzita.

Appoggiò la vestaglia da camera azzurra ai piedi del letto, tirò le lenzuola e si mise a letto. Nessuna delle compagne di stanza non si occupò di lei. "Non è certo un luogo per fare conoscenza" si disse. Adagiò la testa sul cuscino fin troppo morbido e chiuse gli occhi.

Ines provava ribrezzo per gli ospedali, dove aveva passato gran parte della sua infanzia. Portava segni evidenti delle lunghe degenze ai nosocomi. Sul collo aveva una lunga cicatrice che testimoniava la sua prima operazione. Anzi, prima ancora le avevano fatto una trasfusione di sangue. Sul braccio aveva una brutta cicatrice che somigliava ad una delle pezze che sua nonna cuciva sui pantaloni strappati. A diciotto mesi era stata salvata per miracolo. La davano per spacciata: era cianotica, color violaceo per mancanza d'ossigeno. Invece si salvò. Di quel periodo non aveva ricordi né foto. Niente.

Ricordava meglio i sette mesi trascorsi negli ospedali pediatrici, le fasce che le mettevano ai piedi e i pesi che pendevano dal letto. Aveva due anni e mezzo circa. "Come può una bambina così piccola stare a letto immobile per periodi tanto lunghi?" si chiedeva. Eppure lei ci stava. Così piccola, così sola.

Aveva un ricordo vivo delle giornate passate all'ospedale. Si sentiva triste e abbandonata in un luogo sconosciuto. A quel tempo, ai genitori, o meglio alla mamma, non era permesso rimanere con lei tutto il periodo della degenza. Dunque, la mamma era al lavoro e Ines all'ospedale.

Flash! Le apparve una scena nitida, un videoclip che si stava svolgendo davanti ai suoi occhi.

"No, non andatevene! Vengo anch'io! Non lasciatemi sola!" Era una bambina che implorava i suoi genitori di non lasciarla sola in quel luogo. Non mollava la presa dal collo di suo padre. La stretta del boa era nulla in confronto. Quel particolare era così nitido, come il cielo dopo il temporale estivo. Il papà la teneva in braccio. Era un uomo di bassa statura, moro, dagli occhi verdi e capelli scuri. Lui tentava di staccare le piccole mani di sua figlia dal collo, ma lei aveva una forte presa. Era disperata. Il papà le prometteva che sarebbero tornati presto, che sarebbero venuti di nuovo a trovarla. Ines invece sapeva molto bene che quel "presto" non sarebbe arrivato tanto in fretta. Ci volevano ancora sette lunghi giorni. Stava aspettando l'operazione all'anca sinistra e non doveva camminare. Sempre a letto. Distesa. Tutto il giorno.

Un'infermiera crudele, che nascondeva i suoi piccoli occhi infossati dietro a spesse lenti, aiutò i genitori e allentò la morsa di quel piccolo essere indifeso che voleva solo stare al sicuro tra le braccia di mamma e papà.

Mamma piangeva. Lei piangeva sempre, quando veniva e quando se ne andava. Smetteva solo nei momenti in cui erano da soli e la poteva tenere in braccio per un po'. Ines sapeva che ce la metteva tutta a farsi forza, ma il dolore di avere una figlia lontana, vedere le sue sofferenze, quell'esile corpicino in un orribile pigiama bianco con i pois blu, a volte rossi, a volte verdi, sempre e comunque orrendo, la distruggeva. Papà era contento nel vederla, ma poi, dopo una mezz'ora iniziava a controllare l'orologio. Le domeniche erano riservate alle partite di calcio.

L'infermiera la mise sulla barella, dicendole qualcosa, che lei non sentì, tanto piangeva forte, urlava, e la accompagnò nella sua stanza con le altre bambine.

Non tutte le infermiere erano crudeli. C'erano anche delle brave infermiere, persone gentili e dolci, ma non erano come la mamma. La mamma doveva andare a lavorare. Alla mamma non era permesso di rimanere con lei. Un'amara pillola da inghiottire. Una cruda realtà difficilmente comprensibile.

La scena scomparve e Ines prese immediatamente coscienza del posto, dove si trovava.

Come si sentiva strana a ricordare quei momenti! Sembravano scene di un film di cui non ricordava il titolo, ma solo la trama. Invece erano scene della sua vita. Traumi, li avrebbero definiti gli psicologi.

Erano passati molti anni da allora. Gli ospedali però le facevano sempre lo stesso effetto e li trovava tutti maledettamente simili, anzi, completamente identici. Le pareti erano dello stesso colore. I letti cigolavano allo stesso modo. L'odore del disinfettante era il medesimo. "Forse sono proprio gli odori quelli che fanno riaffiorare i ricordi" pensava "Dovrei farmi dare una botta in testa, nel lobo occipitale o nel cervelletto, per perdere definitivamente il senso dell'olfatto!" Lei non sopportava l'odore del disinfettante. In casa usava candele profumate. Ciliegia, cannella, gelsomino. Le davano un senso di pace e serenità. L'odore del disinfettante sembrava urlarle "scappa finché sei in tempo!" Le venne in mente che era ancora in tempo per andarsene. Era maggiorenne e poteva andarsene quando voleva. Poteva firmare per uscire da quel luogo sterile e assurdo, dove era comunque trattata come un semplice numero: una che doveva sottoporsi a un intervento, una che, alla fine, sarebbe servita per le statistiche del "riuscito o non riuscito" degli specialisti, dei chirurghi, dell'ospedale. Rientrava nella percentuale, senza identità, un'anonima che inizialmente avrebbe avuto un'età e il sesso, poi si sarebbe stata immessa in una categoria e smarrita nella popolazione, per far media. Che tristezza! Proprio lei che amava il rapporto interpersonale, dove le persone significavano tutto… Una volta. Anni fa. E ora? Che cos'era accaduto? Era in ospedale. Era sola. Prese il telefonino. Aveva ricevuto alcuni messaggi. Due erano delle offerte pubblicitarie e due le erano arrivati dalla mamma che le chiedeva quando sarebbe passata, quando le poteva preparare il pranzo. Non aveva avuto il coraggio di dirle dove sarebbe andata e perché. Non voleva deluderla nuovamente.

"Sono fuori per lavoro. Ti chiamo appena torno. Baci!" Rispose con un messaggio e si sentì morire quando lo inviò. Le stava raccontando l'ennesima bugia per nascondere una realtà scomoda. Non appena il messaggio partì, si sentì terribilmente in colpa.

Di nuovo sola. Di nuovo abbandonata. "Io e il mio tumore" disse a voce appena udibile. "Se ce l'ho fatta, quando avevo diciotto mesi e tutti pensavano già al mio funerale e poi, a meno di tre anni, quando mi vedevano già su una sedia per disabili, allora ce la posso fare anche ora!" pensò. "Vincerò!"

Un senso di stanchezza s'impadronì del suo corpo. Aveva bisogno di riposo.

Doveva riflettere. Perché si trovava lì? Lei era una sportiva, mangiava sano, non usciva alla sera, si dedicava al lavoro e alla casa. Cosa le voleva comunicare il suo corpo? Perché la tradiva?

Le stava forse comunicando che doveva fermarsi, che aveva sbagliato qualcosa, che bisognava prendere qualche attimo per se stessi. L'essenza della vita non è la velocità con cui si svolgono le cose. Ti sembra di andare avanti a piena potenza e poi una pallina nel seno ti cambia l'esistenza.

"Cosa ho sbagliato? Dove continuo a errare?" si chiese Ines e sprofondò nel sonno.

"Signorina, il pranzo." Una mano la toccò mentre una voce tranquilla la destava.

"Grazie" rispose stordita.

"Lo appoggio sul tavolino." L'infermiera avvicinò il comodino e ne estrasse il piano d'appoggio. "Tutto bene?" le chiese con dolcezza e un sorriso che sembrava sincero.

"Sì, mi sono addormentata e non mi rendo ancora conto del posto in cui sono."

"Passerà" disse.

Ines pensò a quante frasi di circostanza siamo abituati a dire, e a sentire, noi esseri umani. "Lo so, è normale, ma è anche più forte di me pensarlo e sentirmi arrabbiata." Si sedette sul bordo del letto. Poteva anche prendere il vassoio e portarlo sul tavolino della camera e sedersi sulla sedia. Non aveva voglia di spostarsi. Si sentiva come se qualcuno, o qualcosa, le avesse risucchiato tutto il "liquido energetico" dal corpo. Sorrise, scoperchiando il piatto con il brodo, un'acquetta condita con dado di carne, insapore. "Il liquido energetico non esiste, ma con quello seminale ho avuto qualche esperienza!" Era una battuta che avrebbe voluto dire ad alta voce. Le sue compagne di stanza mangiavano in silenzio. Si sentiva soltanto il rumore del cucchiaio nel piatto inox. Neanche lei aveva voglia di parlare. Aspettava che qualcuno venisse e le comunicasse quali sarebbero stati i passi successivi nella clinica. Voleva solo delle semplici informazioni riguardo al giorno dell'intervento e la quantità di tessuto che le avrebbero asportato.

Alzò la testa e lo vide. Era appoggiato al muro accanto alla porta della stanza e le sorrideva. Bello come non mai. In forma smagliante. Abbronzato e muscoloso. Intrigante e invitante come un *bignè*. S'irrigidì completamente e scosse la testa chiudendo gli occhi. Respirò profondamente per tre volte e riaprì, facendosi coraggio, gli occhi.

Non c'era più. Svanito.

"Ho le allucinazioni. Ci mancava pure questa!"

Alzò il coperchio dell'altro piatto e vide un miscuglio di carne e patate. Non aveva più appetito. Si sdraiò nuovamente.

"Quanto tempo è passato dall'ultima volta che l'ho visto?" si chiese.

Flash!

Era una bellissima e calda giornata di aprile. Il cinguettio del parus major faceva percepire la primavera anche al più insensibile tra gli uomini. Si trovavano in cucina della casa di Jan, uno di fronte all'altro, ognuno seduto sul proprio sgabello. Distanti. Lo sguardo di Jan era penetrante, sembrava attraversarla tutta e leggere direttamente nei suoi pensieri. Si alzò e si appoggiò al muro. Voleva allontanarsi da lei. Lei sapeva che in quel momento era una pentola a vapore. Guai alzare il coperchio! Era comunque bello ai suoi occhi, abbronzato, tonico. Indossava la tuta Nike azzurra che gli aveva regalato qualche tempo prima.

Ines voleva mostrarsi tranquilla e serena ma il suo corpo fremeva di desiderio. In quell'istante riusciva a pensare soltanto a una cosa: voleva e doveva averlo. Ancora una volta. L'ultima. I suoi lunghi capelli lisci e neri le accarezzavano le spalle. Prese una ciocca e iniziò a giocarci.

"Parla!" disse bruscamente. Quando faceva così, era antipatico, insopportabile, cattivo. Voleva farle credere che non aveva tempo e che se ne doveva andare presto, perché ogni suo attimo era prezioso.

"Volevo parlare del nostro rapporto" disse.

"Ne abbiamo parlato molte volte. Non credo ci sia più niente da dire. Tutto finisce." la guardò e sorrise provocatoriamente. "Sei un bastardo, Jan!" pensò lei, ma non glielo disse per paura che se ne andasse, lasciandola da sola, a parlare con i muri.

"Vero. Ma dipende tutto da come finisce" rispose.

Si alzò e si avvicinò alla porta-finestra. Sul terrazzino c'erano uno sdraio di legno e un tavolino di ferro che, insieme, l'anno scorso, avevano verniciato di azzurro. Si ricordò che Luisa, la mamma di Jan, non ne era stata rimasta troppo contenta. Anzi, lo definì obbrobrio, ma loro risero a crepapelle perché lo trovavano divertente. Era vero, il tavolino non si adattava all'arredamento della casa, ma neanche loro non si adattavano alle coppie di coetanei che si vedevano in giro. Il loro amore era diverso, ne erano convinti.

"Quante volte abbiamo fatto l'amore su quello sdraio?" chiese ad alta voce.

"Quattordici" rispose Jan. Lei non ne fu sorpresa. Lui aveva la capacità di ricordarsi i numeri, le quantità di tutto. Contava ogni cosa, la elaborava secondo un suo particolare sistema e la salvava nella memoria a lungo termine. Non lo potevi imbrogliare. Patologico. In passato non lo pensava. Ammirava questa sua dote. Non gli sfuggiva nulla.

Erano entrambi passionali. Lei aveva venti anni e lui tre di più. Si erano innamorati molto giovani e la loro storia era andata avanti per circa tre anni. Si erano lasciati più volte e più volte si erano riavvicinati.

"Cosa c'entra?"

"Dicevo per dire."

"Mi piace."

"Cosa?"

"Il tuo *dicevo per dire*."

Sembrava di essere tornati ai vecchi tempi, quando giocavano con i proverbi o modi di dire sciocchi, che loro analizzavano cercando di comprenderne il vero significato, quando componevano frasi assurde e si scervellavano per capire cosa intendessero, quando il loro amore era giovane e spensierato. Ines si girò e gli chiese: "Lei, dov'è?"

"Non c'è."

Ines si rese conto di essere partita con il piede sbagliato. Non sapeva se poteva rimediare. Con lui c'erano poche possibilità.

"Abbiamo finito? Possiamo considerare terminata la conversazione sul nostro rapporto?"

Lei si sentiva eccitata. Era certa che anche lui lo era. Erano passati alcuni mesi da quando si erano visti l'ultima volta. Evitava di frequentare i luoghi in cui sapeva di poterlo incontrare. Aveva avuto qualche storia assurda con ragazzi inutili, durante quel periodo, ma lui le tornava sempre in mente, era onnipresente nei suoi pensieri. Continuamente. Un'ossessione.

"Hai ragione. Sono venuta a cercare risposte che non troverò. Non sei capace di darmele." Un gioco. L'ultima carta. Non era in grado di fare altro. Lo voleva e doveva scappare. Lei era la preda e non la cacciatrice. Un semplice fottuto gioco.

"Vado. Chissà, forse un giorno ci incontreremo e riusciremo a comportarci da persone adulte e non da bambini egocentrici." Ines si avvicinò allo sgabello dove aveva appoggiato la giacca jeans, la prese e si diresse verso la porta. In quell'istante Jan si avvicinò e la afferrò per un braccio facendole male. Era il suo modo con cui le comunicava che non era lei a dire quando se ne doveva andare.

"Mi hai chiesto se avevamo finito? Ora ti rispondo di sì." Disse alterata.

"Dov'è lui?" le chiese.

"Non c'è." rispose lei. Anche questo scambio di battute rientrava nel gioco. In quel momento Ines sapeva di averlo in pugno e nello stesso istante Jan aveva la certezza di essere lui il cacciatore. La prese lì accanto, sul tavolo della cucina. Selvaggio e passionale. Poi sul divano. Intenso e piacevole. Infine si ritrovarono nella stanza da letto. Tenero e dolce. Erano esausti.

"Ines, sei unica e lo sarai sempre. Ma io devo vivere. Lasciami la mia vita!"

Sapeva bene a cosa si riferisse. Avevano punti di vista diversi. Lei desiderava metter su casa, avere una famiglia. Lui aveva bisogno di divertimento, di andare in giro, di non pensare al domani.

Voleva vivere il presente. Con lei si sentiva soffocato, in prigione, incastrato. Poi si trasformava in belva e sapeva mordere come un cane rabbioso perché messo alla catena per troppo tempo.

"Lo so." Rispose sincera. "Lo so" ripeté, mentre la storia del loro rapporto le passava davanti agli occhi come un film. In quel preciso istante fu certa che la loro storia terminava lì e lei cancellava per sempre dalla sua vita il primo ragazzo che amò più di se stessa, cosciente che non avrebbe mai più commesso lo stesso errore. Non si sarebbe più data completamente a nessuno, forse, ormai, nemmeno in parte. Non voleva più soffrire.

Jan si sedette sul bordo del letto tirando dietro di sé il lenzuolo, sudario d'un amore concluso, mise le mani fra i capelli e, dandole le spalle, disse: "Mi dispiace. Ti amo, ma non posso. Forse fra qualche tempo, tra qualche anno."

Ines lo abbracciò da dietro premendo il suo piccolo e sodo seno sulla sua schiena. Il suo corpo assomigliava alla statua di Michelangelo che avevano visto insieme all'Accademia di Firenze, Il David, stupendo in ogni sua parte. Perfetto. In quell'abbraccio si rivide abbracciata a lui, il loro primo appuntamento, una lunga passeggiata per il bosco primaverile, il loro primo bacio all'ombra di un ulivo, le carezze, i primi approcci al sesso. Paradisiaco. Poi la situazione crollò. La sua gelosia divenne insopportabile. Voleva avere il controllo su ogni suo movimento mentre lui chiedeva la libertà. Lei non sopportava, non capiva, soffriva e lo amava. L'amore era così forte che a volte le sembrava d'essere drogata, completamente smarrita in un oblio indescrivibile. Era un fiume in piena che cercava di non uscire dai suoi argini. Troppe emozioni, tanti schiaffi, molti litigi violenti. Aveva detto *basta* tante volte e ogni volta perdonava, sfinita dall'amore, consumata tra le lenzuola del letto, lo stesso in cui si trovavano ora. Alla fine non riuscivano a gestire la situazione. Erano furibondi, violenti incapaci a trattenere le proprie emozioni. Sprofondavano nel non rispetto. Allora decisero di terminare e ognuno si consolò a modo proprio. Inutilmente.

"Sarà tardi, purtroppo." Rispose mentre calde lacrime scivolavano sulle gote e passando poi sul suo dorso. Morse il labbro superiore per soffocare l'urlo che voleva uscire. "Mi cercherai, lo so. Non mi troverai, però. Ti amo, ma riuscirò a dimenticarti." E mentre pronunciava quelle parole, era cosciente della fatica che avrebbe fatto per dimenticarlo. Loro erano una persona sola. Poteva funzionare se...

Si vestì in fretta diretta alla porta, in lacrime. Jan rimase immoto a osservarla. Aveva gli occhi umidi, ma non si lasciò sfuggire una parola. Lei si girò di scatto, lui si avvicinò inginocchiandosi e prendendole la mano, sfiorandola con le labbra carnose, che sapevano di muschio. "Addio" disse con voce roca e lei fuggì.

"Jan come visione" pensò "Non male. Non lo vedo da un'eternità." In quel preciso istante si sentì nuovamente sola, come le era già successo molte volte. Amava la solitudine desiderata, richiesta, ricercata. Ora si sentiva abbandonata.

"Ma cosa volevi? Non l'hai detto a nessuno e ora vorresti che tutti ti cercassero!" era la "vocina" della sua coscienza. Ogni tanto si faceva sentire per fare emergere fatti che lei puntualmente sotterrava nel suo incoscio.

"Ma perché tutti devono sapere che ho un tumore?"

"Tutti?"

"Io sono forte e riuscirò a cavarmela da sola."

"Completamente sola?"

"Lo sono da un anno e non mi manca nulla."

"Nulla?"

"Ah! Parlo con me stessa. Sarò pazza?" Si alzò per andare in bagno.

Aveva un gusto strano in bocca, di ferro, di marcio. Non sapeva decifrarlo. Aveva bisogno di sciacquare la bocca, di lavarsi i denti. Dall'armadietto prese il suo piccolo beauty case e ne estrasse lo spazzolino e il dentifricio sbiancante al gusto di mela. L'aveva trovato in un piccolo supermercato a Trieste e non aveva resistito all'acquisto. Non se ne pentì. Era rinfrescante, buono e ti lasciava un delizioso gusto in bocca. Si avvicinò allo specchio e osservò i cerchi intorno agli occhi. Sembrava che non dormisse da giorni. Invece dormiva tanto ma si sentiva sempre stanca come… Un raggio di luce colpì lo specchio sopra il lavandino del piccolo bagno piastrellato di verde in cui, nonostante lo spazio fosse piccolissimo, c'era posto per una doccia e un wc.

Guardava il filmato che scorreva nel riquadro davanti a lei mentre si lavava nervosamente i denti, ancora la schiuma del dentifricio in bocca.

"Mamma, ho deciso, mi iscrivo all'università"

"Ma come? Lasceresti il buon posto in banca per andare a studiare?"

"Certo."

"Dopo la scuola economica non ti è mai interessato andare a studiare."

"Ma ora lo voglio fare."

Ricordava bene il discorso tra lei e la mamma. Era una afosa giornata di luglio. Era andata al mare a Kanegra, in Croazia e aveva fatto una solitaria nuotata verso Portorose. Cosa poteva succedere se lei avesse continuato e si fosse diretta verso la costa slovena? Forse qualcuno l'avrebbe fermata e le avrebbe chiesto i documenti e lei avrebbe risposto, con un sorriso civettuolo, che non portava certo i documenti nel bikini. Eppure il mare era di tutti, o forse di nessuno. Si girò e ritornò nuotando verso la costa croata. Cosa voleva dire sloveno o croato? Era poi tanto importante? Probabilmente lo era, ma lei non comprendeva. Transfrontaliera, viveva tra uno stato e l'altro e le era difficile scindere l'uno dall'altro. Non si era ancora abituata. Probabilmente non si sarebbe abituata mai. Mentre tornava verso la spiaggia, decise che avrebbe mollato tutto, il lavoro, la famiglia, gli amici e sarebbe andata a studiare.

"E dove vorresti andare a studiare?" aveva chiesto la mamma, pensando al peso economico che quella scelta avrebbe portato al budget familiare.

“A Trieste. In Italia.”
Che strana sensazione aveva provato! Come se avesse desiderato andare in Uzbekistan, a migliaia di chilometri di distanza. Trieste era una città vicina. Si trovava a circa quaranta chilometri dalla sua Castelvenere.
Inizialmente scelse un percorso di studi che sentiva affine a se stessa in quel periodo. Farmacia. Lo stesso anno accademico cambiò idea. Capì di aver sbagliato. Suo padre si arrabbiò: “Sei una stupida! Non combinerai mai niente nella vita. Sei una perdente!” Voleva sputargli in faccia, ma si trattenne.
“Non mi mantieni tu agli studi.”
“Fossi matto! Ti sembro il tipo che butta i propri soldi dalla finestra? Io investo sul sicuro.”
“Certo, in osteria di Giorgio” rispose con tono cinico. Lui non se ne accorse, non capì. La mamma le fece segno di stare zitta. “Ce la farai come hai sempre fatto” le disse quasi sottovoce quando rimasero da sole. Lei aveva paura di deluderla. Il primo anno di permanenza a Trieste fu un disastro. Ines si sentiva male a vivere in quella città grigia e triste. Almeno lei la percepiva così. Le mancava tutto il verde che vedeva dalla sua finestra al risveglio, l’uliveto sotto casa e l’orto con l’insalata, il radicchio, la rucola, le file di piselli, e soprattutto il gallo della vicina Maria che salutava con il suo ”chicchirichì”, ogni mattina, l’alba. Lavorò tutta l’estate per comprarsi una macchina, la nonna la aiutò anticipandole il regalo di compleanno e così riuscì a trovare una Yugo 45 di seconda mano. Se la ricordava bene. Era rossa come la Ferrari e beveva che era un piacere. Ines spendeva un sacco di soldi in benzina e meno male che c’era la mamma che, lavorando più del solito, riusciva ad aiutarla. Scelse la facoltà di scienze naturali. Un giorno avrebbe insegnato! Magari in una scuola superiore, in un liceo. Sarebbe stata a contatto diretto con i ragazzi, con la gioventù. Ecco cosa avrebbe fatto!
Ogni giorno andava all’Università in auto per seguire le lezioni. Era instancabile. Partiva al mattino e ritornava a casa di sera. Aveva preso una decisione e non poteva tornare indietro. Le

piaceva ammirare la vegetazione che mutava al cambiare delle stagioni. Si accorse che i boschi osservati lungo i bordi della strada, le pinete, la macchia screziata da alberi di leccio e corbezzolo e la quercia gentile che tanto ammirava, erano gli stessi in tutti e tre gli stati che, quotidianamente, attraversava.

Provava piacere ad andare alla facoltà, vedere i suoi compagni di corso e conoscere gente nuova. Adorava parlare la lingua di Dante e studiare in italiano, sua madrelingua, parlata dai suoi nonni e dai bisnonni. Il solo pensiero la faceva sorridere di beatidudine. Amore, quella era la parola giusta per descrivere il sentimento che provava nell'ammirare il paesaggio, nel pensare e parlare nella lingua in cui poteva esprimersi al meglio. Le radici dell'amore per la sua terra erano profonde, infinite, penetravano nel suolo e abbracciavano le rocce. Infatti, il suo obiettivo finale era tornare a casa, o meglio, trovare lavoro vicino a casa e andare ad abitare da sola. Completò gli studi due anni fuori corso, ma non ne sentiva il peso. Finalmente si sentiva bene, serena e tranquilla.

"Signora, sta bene?" qualcuno bussava alla porta del bagno interrompendo i suoi pensieri.
"Sì, mi scusi, esco subito!"
Era l'infermiera che, avvisata da una compagna di stanza, si era preoccupata per quella donna che era entrata in bagno per poi non uscire più.
 "Posso fare due passi il corridoio?" chiese, dopo essersi scusata.
"Certo. A condizione che alle 18.00 si trovi nella sua stanza perché verrà la Dr. Mejnik."
"D'accordo."
"In questo ospedale è impossibile avere un po' di privacy. Dovrebbe essere un diritto e invece, sembra impossibile. Mi sento osservata e non ho voglia di parlare dei miei problemi con chiunque." Dire o non dire. Non tutto si poteva raccontare, soprattutto non a sconosciuti!
Una giovane donna, dal camice bianco e con lo stetoscopio al collo le si avvicinò. Ines cercò di sorriderle e di nascondere l'angoscia

che la faceva tremare. La donna, di cui ricordava vagamente il cognome, Mejnik, parlò a lungo. Le parole strisciavano come lunghi serpenti dalla sua bocca. Ines cercava di ascoltare, di capire, ma i suoni echeggiavano nella sua testa e ogni parola si sovrapponeva alle altre. Faceva fatica a comprendere. Si sentiva come circondata da una fitta nebbia, da cui non riusciva a uscire.

"Dunque, ha capito?" chiese infine la giovane dottoressa dai capelli biondi e lisci.

"Certo" mentì Ines.

"Domani le faranno alcuni prelievi e poi le comunicheremo la data dell'intervento."

Ines sembrò destarsi dal letargo. "Tutto?" ebbe il coraggio di chiedere.

"Lo sapremo solo durante l'intervento" rispose con voce rassicurante. "Frasi fatte. Formalità." Pensò con collera. Di nuovo.

"Grazie" disse. Aveva bisogno di piangere, di sfogarsi, di parlare con qualcuno. Dov'era Ilian in quel momento? Dileguato nel nulla da un anno. Scappato dalle proprie responsabilità.

Distesa su quel bianco letto, fissava il soffitto su cui si stava proiettando un altro pezzo della sua vita, il cielo azzurro, il mare, le onde, il sole, le palme, le banane, sì, le banane. Sorrise.

Dopo la laurea, decise di farsi un regalo. Voleva fare la turista. Desiderava andare a fare qualcosa da sola, senza parenti né amici. Scelse Creta, un'isola interessante e abbastanza grande da visitare. Programmò i momenti di svago, di riposo e quelli di esplorazione, di visite ai siti archeologici. Voleva vedere i paesaggi mozzafiato, le grotte e le gole uniche al mondo, gli angoli di mare tropicale, le vestigia di monasteri e i bellissimi resti archeologici della civiltà minoica.

Dopo i primi tre giorni, dedicati all'eliminazione dello stress, passati tra mare, piscina e albergo, decise di prendere un'auto a noleggio per compiere alcuni spostamenti. A fine maggio si respirava un'aria piacevole sull'isola. Non c'era molta gente e non faceva troppo caldo. Scelse una piccola jeep Suzuki Samurai Santana, 1300 cc, anno 1989, grigio metallizzato. Le sembrava l'auto adatta per quel viaggio. Organizzò con cura le gite che avrebbe voluto compiere. Il giorno seguente si sarebbe diretta a est dell'isola. Voleva vedere le palme autoctone di cui aveva sentito parlare e andare a prendere il sole sulla spiaggia chiamata Vai, dove, dicevano, il mare era stupendo. Forse vi avrebbe trovato anche le banane.

Uscì dall'agenzia dove aveva noleggiato l'auto e si sentì molti sguardi addosso. Sapeva di essere una bella ragazza e poteva permettersi di osare, se l'avesse desiderato. Indossava una camicia di lino lunga, quasi trasparente, sotto la quale portava un bikini maculato che esaltava le sue belle forme. Non faceva sforzi per mantenersi in forma. Aveva la fortuna di essere bruna e di avere la pelle scura che si abbronzava subito. Il titolare se la sarebbe mangiata con gli occhi, ma a lei non importava. Voleva semplicemente divertirsi e lo poteva fare anche da sola in un luogo lontano dai soliti posti, dove tutti ti conoscevano e si sforzavano di giudicare ogni mossa della tua vita con malizia e invidia.

Alloggiava nell'albergo Albatros a Hersonissos, a cinque stelle, ed era felice di aver insistito con l'agenzia di viaggi per quella scelta, mentre loro le proponevano un altro albergo di categoria inferiore, distante ottocento metri dal mare, molto più economico. Lei desiderava un alloggio in cui poteva sentirsi a suo agio e godere di tutti i servizi. Sentiva di meritarselo; perché, non se lo sarebbe mai chiesta.

Viaggiò per quasi due ore, ma, arrivata alla spiaggia, non poté che ammirare il posto bellissimo. Non sapeva se avesse avuto la fortuna di essere venuta presto, al mattino, o in un periodo di bassa stagione: entrambe le ipotesi erano abbastanza improbabili.

C'era tutto quello che una donna come lei potesse desiderare: la sabbia dorata fra le dita dei piedi, le sdraio, gli ombrelloni di bambù, il mare azzurro, le palme enormi sotto le quali c'era un bar, al momento chiuso. Non vedeva nessuno, tanto era presa dalla bellezza del posto. Si spogliò, gustandosi la brezza che arrivava dal mare, e si diresse fra le onde. Non poteva stare meglio!

Fece una breve nuotata nelle limpide acque, ancora freddine. Aveva portato con sé un romanzo giallo di Patricia Cornwell, che adorava, in inglese, già letto anni fa in italiano, e aveva tutta l'intenzione di dedicarsi alla lettura in totale beatitudine, curiosa di come fosse in lingua originale. "Ah, quanto sono fortunata!" canticchiava sottovoce mentre si avvicinava all'ombrellone da lei scelto. Appena arrivò, notò di avere un vicino. "Con tutto il posto che c'è, proprio qui si doveva mettere!" pensò infastidita. Aveva intenzione di spostarsi per stare da sola. "Sembrerò scortese!" si rimproverò. Lasciò che le goccioline dell'acqua si asciugassero al sole, poi prese il suo libro dalla borsa da spiaggia, incurante del vicino. Aveva l'impressione che la osservasse nascosto dietro alle lenti scure degli occhiali da sole. Le sembrò un uomo curato, sulla trentina, dai capelli mori e ricci, dalla carnagione chiara.
Iniziò a leggere ma c'era qualcosa che la distraeva. All'improvviso il suo vicino si rivolse a lei in italiano: "A me non è piaciuto il *Post mortem*. Preferisco altro!"
Come se glielo avesse chiesto! E mentre lei si concentrava sul come rispondere a uno che offendeva la scrittrice di gialli da lei preferita, lui non la smetteva di parlare ed elencare tutti gli scrittori di gialli che erano migliori della Cornwell. Stranamente ammutolita, Ines non riusciva a comporre mentalmente una frase sensata per ribattere, che lui già smontava la sua battuta. A un certo punto lui si fermò e disse: "Scusi, ma lei mi capisce?" A quel punto capì che lui aveva parlato in italiano identificandola come italiana ma ora non ne era più sicuro.
"Opravičujem se, vendar vas ne razumem[5]" rispose, cercando di avere un'espressione stupita. Allora lui la scrutò e ripeté tutto il discorso di prima, in sloveno. Quando arrivò il momento in cui elencava gli scrittori che lui definiva migliori, Ines non poté trattenersi e si mise a ridere. Coincidenza volle che l'uomo abitasse a Trieste e avesse i genitori sloveni. "Com'è piccolo il mondo!" gli disse in seguito alle presentazioni. Si chiamava Ilian

---

[5] Mi scusi, ma non la capisco.

ed era insegnante di educazione fisica in una scuola elementare slovena, a Trieste.

Successe tutto in modo molto naturale. Lui la invitò a cena in una piccola trattoria cretese che, le spiegò, aveva scoperto per caso il giorno prima. Mangiarono lo tzaziki, il saganaki, la moussaka e i souvlaki. Ilian propose di bere un vino bianco, l'olymias, che a Ines piacque molto. Poi fecero un giro per i locali notturni. Ballarono fino all'alba. "Finalmente un ballerino nella mia vita!" gli disse all'alba mentre si beavano dell'aurora, distesi sulle sedie a sdraio della piscina dell'albergo, in cui alloggiava Ines. Lei gli descrisse il suo programma per i giorni seguenti e lui le chiese se la poteva accompagnare. Le piacque l'idea di averlo accanto. Era dinamico, allegro, divertente. Non c'era niente di male, in fondo! Visitarono Creta insieme. Alcune sere più tardi scoprì che a letto era una bomba, sensibile e passionale, attento alle sue esigenze. Un vero amante. Tornata a casa sapeva di esserne innamorata. Nella vita ha avuto poche certezze ma ora una faceva capolino: era sicura che il sentimento fosse reciproco. Dopo sei mesi decisero di andare ad abitare insieme. Lei non voleva andare a vivere a Trieste perché il suo desiderio era lavorare dalle sue parti. Aveva intenzione di partecipare ai bandi di concorso per un posto di lavoro in una scuola italiana in Croazia o in Slovenia. Ilian cercò di convincerla che poteva partecipare anche ai concorsi in Italia, ma lei rifiutò. Lavorare in una scuola dove, magari, aveva studiato lei stessa, sarebbe stato fantastico. Ilian le sorrise e disse: "Ti amo e con te andrei ovunque!" Decisero di cercare un appartamento a Capodistria ed ebbero fortuna di trovarlo subito. Era un grazioso appartamento di ottanta metri quadrati con due stanze da letto, appena rinnovato, con una piccola cucina, un bel bagno e un soggiorno spazioso in centro città. Lo presero in affitto con contratto annuale. La padrona disse che aveva intenzione di venderlo. Potevano farci un pensiero, in futuro.

Il loro rapporto era perfetto. Si sentiva matura, realizzata e, finalmente, felice. Ilian era l'uomo che aveva sempre sognato. Sapeva gestire ogni situazione per riuscire a estrarre il meglio da

lei e dalla loro relazione. A entrambi piaceva viaggiare e avevano una meta da raggiungere sia durante le vacanze di Natale e che durante quelle estive. Era dolce e premuroso, ma sapeva essere anche irragionevole e scontroso, quando sentiva di dover lottare. A volte era un gattino docile che faceva le fusa e altre volte tirava fuori gli artigli e diventava una tigre. Lo amava con tutta se stessa. Dopo un anno di vita in comune, una simbiosi voluta e goduta, decisero di metter su famiglia, ma il loro desiderio stentava ad avverarsi. In seguito a infiniti esami, il ginecologo le disse: "Sembrerebbe tutto a posto, ma se volete un figlio subito, ti consiglierei la fecondazione assistita."
Dopo tre tentativi falliti, uno all'anno, ognuno seguito da una sofferenza che a morsi si portava via un pezzo della loro vita, si stavano preparando al quarto. Nel frattempo la loro relazione si era raffreddata, gli interessi, l'amore, la passione che li avevano uniti inizialmente stava svanendo. Erano entrambi concentrati solo su una cosa: avere un figlio. Ines non si sentiva realizzata. In fin dei conti, aveva tutto: lavorava come insegnante di scienze alla scuola elementare, era attivista alla Comunità degli Italiani, aveva un compagno, una casa, viaggiava... Le mancava solo un figlio. E non arrivava. Lei e Ilian iniziarono a litigare per ogni sciocchezza, stanchi di lottare per una cosa che non portava alcun frutto. Un giorno Ilian le disse: "Ti ho amata a prima vista, non lo so come né perché. Inizialmente eri una scintilla e poi sei diventata un sole immenso che riscaldava il mio corpo, la mia mente. Avevo fame e tu avevi la capacità di saziarmi. Ora non succede più. Tutto di te mi irrita. Direi che il mio amore si è trasformato in odio. Me ne vado."
Si lasciarono e lui, prese le proprie cose, se ne tornò a Trieste, mentre lei rimase a Capodistria.

Un lampo interruppe quell'ultimo filmato che le era passato davanti. Doveva affrontare un'operazione. Le toglieranno un seno, sicuramente. Era decisa a non volerlo ricostruire. Niente protesi. Nessuno le poteva restituire il suo bellissimo seno. Poi le avrebbero sicuramente detto della chemioterapia. Lei avrebbe lottato e sarebbe sopravvissuta. Da sola, senza disturbare nessuno, senza l'aiuto di nessuno. Era forte, ce la poteva fare. Era una donna istriana, nel cuore, nell'anima, da tante generazioni da non potersi contare. I suoi avi avevano lottato e vinto, poiché lei era qui ed ora; lei, l'avrebbe fatto di nuovo. La sua vita era la cosa più preziosa che avesse in quel momento e non l'avrebbe persa senza combattere: nessuna resa!

15 marzo, tre anni dopo. Ines aveva un biglietto aereo in mano di sola andata. Destinazione: Ghana. Andava, come volontaria, a lavorare in una scuola dove i bambini erano spesso orfani di vittime dell'AIDS. Avrebbe sempre fatto l'insegnante, questa volta di inglese. Sapeva che non sarebbe stata una passeggiata. Avrebbe affrontato ogni ostacolo. Voleva aiutare chi ne aveva bisogno. Era quello il suo futuro!
Seduta su una sedia di plastica blu all'aeroporto, si chiedeva dove fosse l'inizio e dove la fine di un percorso di vita. Le avevano detto che era guarita, per ora. Il male poteva tornare, ma lei non l'avrebbe atteso con le mani in mano. Doveva agire. Durante il suo cammino spesso si era posta delle domande cui non sapeva rispondere. Ma ciò non l'aveva mai fermata.
Confini. Sì, i confini, ad esempio… L'essere umano continua a crearli. Per Ines si trattava di linee immaginarie, sottilissime, che definivano il "di qua" e il "di là". Dipendeva tutto da quale parte stavi.
"Qual è il confine tra salute e malattia, tra prigionia e libertà, tra frenesia e calma, tra bugia e verità, tra vittoria e sconfitta, tra giusto e sbagliato, tra coscienza e incoscienza, passione e freddezza? È tutto così relativo. Spesso non si sa da che parte stare."
Chiuse per un attimo gli occhi e si rivide, nella sua Yugo, attraversare i confini di tre stati, in meno di un'ora. Quasi senza accorgersene. Sorrise. "Aveva ragione mia nonna quando diceva

che tutto il mondo è paese e che i confini ce li creiamo nella nostra testa!"

Ines si sentiva diversa. La sua mente si apriva a nuovi orizzonti. Era serena e tranquilla. Un'energia indescrivibile che voleva uscire alla superficie. Desiderava contagiare il mondo di beatitudine, far aprire le menti, crollare le barriere. "Ci vorrà molto tempo" pensava "E io di tempo per dedicarmi agli altri ce l'ho." Si alzò sorridente, prese il suo bagaglio a mano e si incamminò verso il gate numero sette. Era ora.

Ringraziamenti

La raccolta di racconti *Tutto al Femminile* è rimasta chiusa nella cartella sul desktop del mio pc per alcuni anni. Ogni giorno però la guardavo fiduciosa immaginando di vederla realizzata in forma cartacea e online come ebook.

Oggi tengo orgogliosamente in mano il libro che volevo.

Perché questo sia potuto accadere ringrazio il prof. Massimo Medeot, che si è dedicato alla prima revisione dei testi e editing di contenuti, prendendosi la briga di leggere i racconti, trovare gli errori di grammatica, sintassi, battitura con infinita pazienza e professionalità.

Ringrazio l'apprezzata artista poliedrica Fulvia Zudič per la sua immensa generosità. Grazie alle sue preziose illustrazioni posso affermare con soddisfazione, che la copertina della mia raccolta di racconti è una vera opera d'arte.

Per la prefazione della mia raccolta di racconti ho pensato ad una donna speciale che, a mio modesto parere, incarna l'eleganza della femminilità in totum e cioè la prof. Nives Zudič Antonič. È difficile descrivere la felicità del momento in cui ha risposto affermativamente alla mia timida richiesta. Ringrazio Nives per il suo prezioso tempo dedicato alla lettura dei testi della raccolta *Tutto al Femminile*, per la correzione, per le riflessioni e per i suoi preziosi consigli. Un contributo che ho apprezzato moltissimo.

Youcanprint

Finito di stampare nel mese di febbraio 2019